出雲のあやかしホテルに就職します❾

硝子町玻璃

双葉文庫

第一話◆憎しみの最果て 003

第二話◆封じた記憶、奪った思い 057

番外編1◆小さな薬師 114

第三話◆銀杏と少女と狼と 118

第四話◆亡樹の枝 173

番外編2◆風来と雷訪のご褒美 238

AYAKASHI HOTEL

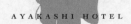

第一話　憎しみの最果て

「姉上、いい加減あいつらから離れたら？」

強い口調で言うと、姉はわざとらしく首を傾げた。

「はて、あいつらとは？」

「そんなの人間たちに決まってるだろ。しかもよりにもよって……」

「ふむ……そなたは随分とあの者たちを嫌っておるようだ。何故だ？」

「何故って……」

そんなこと言わなくても分かるだろう。

『あの連中』のやり方には嫌悪しか感じられない。椿木《つばき》家の方がまだマシだと思えるくらいに。

なのに姉は『あの連中』を気に入っていた。

「よいか、我が弟よ。あの者たちはもしかしたら、私たちの在り方を大きく変えてくれるかもしれないのだ。だから私は、彼らに手を貸す。止めても無駄だぞ」

そう言って姉は屈託のない笑みを浮かべた。

止めても無駄。確かにそうだ。何度説得しても姉の考えは変わらなかった。

そして人間たちのせいで命を落とした。

◆◆◆

「永遠子《とわこ》さん……？　永遠子さんどうしたんですか？」

「え……？」

自分を呼ぶ声に櫻葉《さくらば》永遠子は顔を上げた。

すると、時町見初《ときまちみそめ》と椿木冬緒《ふゆお》が心配そうにこちらの様子を窺っている。

「えっと、十三時からチェックインされるお客様についてなんですけど……」

「あ、ええ。藤田《ふじた》様よね？」

そう訊ねると二人は困惑した表情で互いの顔を見合わせた。

「あ、あのすみません……永遠子さん」

「十三時からチェックインするのは北浦《きたうら》様じゃなかったか？」

冬緒に指摘され、急いで宿泊リストを確認すると彼の言う通りだった。十三時からは北浦、藤田という客は十五時にこちらに来る予定になっていた。

こんな間違いをするなんて。永遠子は「ごめんなさい……！」と二人に頭を下げた。

「二人が聞いてくれなかったら、そのまま勘違いしていたし、お客様に迷惑をかけてしまっていたわ……」

「だ、大丈夫ですよ！　そうなる前にちゃんと気付けたじゃないですか！」

「ああ。それに俺たちだって同じような間違いは時々するし、あまり気にしなくていいんじゃないのか？」

「ぷぅ！　ぷぅ！」

落ち込む永遠子に見初と冬緒がフォローの言葉をかける。白玉《しらたま》は何と言っているか分からないが、応援してくれているのは分かる。

優しい子たちだ。彼らの言葉に、永遠子はほんの少しだけ元気を取り戻す。

「ありがとう、皆」

「はい！」

「ぷぅ！」

笑顔の永遠子を見て、見初と白玉も嬉しそうに返事をする。

だが、冬緒は訝《いぶか》しむような、案じるような眼差しを永遠子に向けるのだった。

◆　◆　◆

その日の夜、冬緒から渡された交換日記には永遠子に関することが書かれていた。

『最近、永遠子さんの様子がちょっとおかしい』

うーんと、見初はここ数日間の永遠子を思い返してみた。

すると、彼女がミスをしていたのは今日だけではなかった。昨日は宿泊部屋とは違うルームキーを渡しそうになり、一昨日も団体客の人数を誤って把握していたのだ。

どちらも大事には至らなかったものの、見初たちが驚いたのはミスの内容ではなく、それを永遠子がしてしまったことだった。

どんなに忙しくても、永遠子はきっちりと仕事をこなしているのだ。客からの突然の無茶ぶりにも対応出来る柔軟さも持つ。

まったくミスをしない完璧な人間というものはいないが、それでも永遠子が連日ミスを続けることは普段なら決して有り得ないことだった。

「何かあったのかなぁ……」

「ぷ？」

ベッドの上でころころ寝転がっていた白玉が、不思議そうに瞬きをしながら見初を見る。

「永遠子さん、最近調子が悪いみたいなの」

「ぷぅ……」

「だから、こういう時は私と椿木さんが永遠子さんを助けてあげないとって思うんだ」

「ぷぅ！」

その意気、と白玉が元気に飛び跳ねながら鳴く。まるでベッドがトランポリンのようである。

しかし、夜にはしゃぎすぎると他の部屋にとっては迷惑。見初はジャンプした白玉をキャッチすると、抱き抱えたままノートに文章を書いていく。

「頑張りましょう、椿木さん……ってうん、これでいいかな？」

「…………」

「あれ？　白玉？」

白玉から反応がない。跳ねている最中に動きを止められたので拗《す》ねてしまったかと思いきや、目を閉じてすやすやと眠っていた。

「寝ちゃった……」

じっとしているだけで眠ってしまうとは流石は仔兎である。

白玉をベッドにそっと乗せ、見初は返事を書くのを再開する。

「あと日記に何書こうかな……あ、そうだ。風来《ふうらい》が酔っ払った火々知《かがち》さんに丸呑みにされそうになった話にしよう……」

元々は冬緒の恋を叶えるため、互いを知るために始めた交換日記。そこに同僚による同僚の捕食未遂事件の詳細を書く女性など、世界広しといえども見初くらいだろう。

見初が大真面目な顔で日記を書き綴っている頃、永遠子は自室のベッドで膝を抱えていた。その傍《かたわ》らには先程まで通話に使っていたスマホが置かれている。

そして、その美しい顔は悲しみに染まっていた。

「……いつかはこうなるって分かっていたじゃない」

静寂の中に落とされる声。そこには悲哀、罪悪感、そして僅かな恐怖が込められていた。

「あの子は私のことをきっと……」

最後まで言葉を紡ぐことは出来なかった。途中で口を閉ざし、ベッドから下りると机の引き出しを開けた。

奥から取り出した青色の小さな巾着袋。それを両手でそっと包み込む。

「ねえ、私はどうすればいいの……？」

その呼びかけに応える声はなかった。

◆　◆

「私が本日の櫻葉永遠子さんですので、よろしくお願いします。時町さん、椿木君」

そう宣言し、フロントに立った男に見初と冬緒はどう反応すべきか困っていた。

そして、深呼吸を数回繰り返してから冬緒が小さく挙手しながら言った。

「柳村《やなむら》さんは、そういうギャグがあまり向いてないと思うから、やめたほうがいいと思う……」

「ふふ、やはりそうでしたか」

「自覚してるなら、何でやったの⁉」

照れ臭そうに笑う総支配人に、冬緒のツッコミが炸裂する。

「ふふ、失礼しました。フロントを担当するのは久しぶりのことなので、緊張していまして。それを誤魔化すために笑いを取ろうと思ったのですが、失敗だったようです」

「はい、こっちが緊張してしまいますので……今日、永遠子さんはお休みですか？」

そんな話は出ていなかったと思うが。体調を崩したのだろうかと訊ねた見初に、柳村は「少なくとも二、三日は」と答えた。

「その間は私がフロントに立ちますのでご安心ください」

「え、でも永遠子さん大丈夫なんですか⁉」

「はい。体調を崩したわけではありません。ただ、少し用事があってホテル櫻葉を離れなければならなくなったのです」

永遠子の様子が最近おかしかったことと関係しているのだろう。だが、用事が何なのかまでは聞き出しづらい。見初は「そうですか……」と相槌を打つことしか出来なかった。

「さあ、話はここまでにしましょう。お客様がやって来ましたよ」

柳村の言葉通り、客が自動ドアを抜けてロビーに入ってきた。団体客のようだ。この時間に予約はなかったはずなのだが。

「いらっしゃいま……あれっ」

先頭を歩いていた青年に気付き、見初は目を丸くした。冬緒も「えっ！」と驚いた声を上げた。

青年は椿木家の次期当主、椿木雪匡《ゆきまさ》だった。

「こうして会うのは久しぶりだな。冬緒君に、時町さん。それと……」

「お久しぶりですね、雪匡様。元気にしておられましたか？」

「……ああ。あなたも元気そうで何よりだ」

以前よりも幾分、柔らかい印象になったと思う。柳村に対しても、ぎこちないながらも笑みと気遣いの言葉を返している。

「でも、どうしたんだ急に。出雲《いずも》へ旅行に来たわけじゃないんだろ？」

「何だ、君たちには何も知らされていないのか。朱男《あけお》さん、あなたには情報が入っていたはずだが……」

呆れたような視線を向けられ、柳村は困ったように笑った。

「告げておくか迷いましたが、それによって皆さんまで巻き込まれることは、永遠子さんも望んでいませんからね」

「……永遠子さん、何か大変なことになっているのか？」

椿木家が絡んでいるなんてただごとではない。冬緒は嫌な予感がしながらも、雪匡に問いかけた。

すると、雪匡は逡巡《しゅんじゅん》した様子を見せつつ、沈黙を破った。

「櫻葉永遠子はある妖怪に狙われている」

「？　そんなのよくある話だと思いますけど……」

見初は首を傾げた。永遠子はあの容姿の美しさのため、自分の物にしたいと言い出す妖怪や神が多くいる。

時折、無理矢理ホテル櫻葉から連れ出そうとして、ホテルへの出入りを禁じられる者もいる。なので、あまり珍しいことではなかった。

「いや、違うぞ時町……」

冬緒は顎《あご》に指を当てながら険しい顔をしていた。

雪匡も冬緒の言葉を肯定するように首を縦に振った。

「ああ。狙われているというのは物理的な意味だ」

「え……⁉」

「……君たちには詳しく話しておきたい。だが、ここでするような内容でもない。場所を移したい」

雪匡は驚愕する見初と表情を曇らせている冬緒を交互に見ながら言った。

ロビーは夜勤スタッフに一時的に代わってもらい、見初と冬緒は雪匡を連れてスタッフルームに向かった。

見初が茶を用意しようとすると、雪匡に「気を遣わなくていい。君も早く話を聞きたいだろう」とやんわりと止められた。

部下たちを部屋の外に残し、雪匡は話し始めた。

「さて、君たちは何一つ聞かされていないということでいいかな」

「はい……」

大事なことなのに知らされていなかった。そのことに見初は少し落ち込んでいた。だが、かつて見初と冬緒が雪匡に連れ攫《さら》われた時、永遠子を始めとするホテルの面々には説明がほとんどなかったらしい。

あの時の永遠子もこんな気持ちだったのだろうか。

「まず、碧羅《へきら》という妖怪を知っているか？」

「多分、聞いたことないと思います……」

見初はすぐに答えたが、冬緒は何かを思い出そうとしているようだった。

「碧羅……碧羅……」

「君は知っていたか」

「昔、その名前を聞いたような気がするんだ。確か討伐の対象になっていて……」

眉間を指で押さえながら記憶の糸を辿っていた冬緒だったが、ようやく思い出したのか

「あ……っ！」と声を上げる。

「そうだ、思い出した！　あいつだ……！」

「椿木さん知っているんですか？」

「俺は実際に見たことないけどな」

「ああ。僕もどんな姿をしているのかは分からない。あの時、僕は別の場所にいたからな。だが……」

言い淀む雪匡の声は沈んでいた。

「とんでもない妖怪だ。何せ椿木家の陰陽師が束になっても敵わなかったほどだ」

「そ、そんなに⁉」

予想していたよりも、とんでもなかった。見初は驚きのあまり大きな声を出してしまい、慌てて自分の口を手で覆った。

「十数年前のことだ。碧羅という妖怪は椿木の本家に突然現れると、その場に居合わせた者たちを襲ったらしい。幸いなことに死者は出なかったものの、多数の重傷者を出した。僕の父である当主は、碧羅の退魔命令を椿木家の全陰陽師に告げたが……」

「出来なかったんですね」

見初の言葉に、雪匡は忌々《いまいま》しげに頷いた。

「最終的に碧羅は姿を消したが、今でも密かに捜索が続けられていた。僕の家ですら死者を出さずに戦うのがやっとだった妖怪だ。そんな危険な存在を野放しにしておくわけにはいかないだろう」

「た、確かにそうですけど……」

見初は引っかかりを覚えていた。

「その碧羅の狙いが椿木家なら、危ないのは椿木さんとか雪匡さんなんじゃないですか？どうして永遠子さんが……？」

「それがな、碧羅が椿木家を襲撃した時に永遠子さんもそこにいたんだよ。そこのところも俺より雪匡さんのほうが詳しいと思うけど」

「……碧羅の狙いは櫻葉永遠子だったんだ。まだ幼かった彼女を本気で殺そうとしていたらしい。彼女を守るために、椿木家の陰陽師が応戦する形になった」

「ど、どうして、永遠子さんが妖怪に狙われないといけないんですか⁉　あんなに妖怪のことを大切に想っているのに……！」

永遠子、いや櫻葉家は妖怪や神との共存を望む一族だ。だからこそ、このホテル櫻葉も誕生した。

当時子供だった永遠子が襲われる理由など、見初には思い当たらなかった。

冬緒もきっと同じ考えだろう。そう思った見初だったが、彼は難しい顔をして黙り込んでしまった。

「……ここだけの話、ホテル櫻葉の存在を巡って、色んないざこざが起きていたんだよ」

「椿木さん……？」

冬緒は静かな声で言った。

「人間以外も泊まれるホテル。そんなものいらないって反対する声も多かったんだ。特にうちはかなり嫌がっていたみたいで、延々と文句を言い続けていたらしいしな。なんだったら、今でもそんなホテル潰してしまえって奴らがいるって話だ」

「まあ、それはちょっと分かる気が……」

「でも、反対派は人間よりもむしろ妖怪のほうに多くいたんだ。妖怪に人間の生活を強いるのかって」

「…………」

見初は冬緒の言葉に何も言えなくなってしまった。

妖怪や神様に人間と同じようにホテルに泊まってもらい、もてなす。それがいいことだと思うのは人間の都合にすぎない。

以前、天樹《あまき》や海帆《みほ》の弟である十塚佳月《とつかかづき》とそんな話をしたことを思い出す。

無言になる見初を見て、雪匡が鼻を鳴らした。

「中には自分たちを家畜扱いするつもりなのかと曲解して憤る神もいたようだ。彼らの心情は分からなくもない。だが、まだ子供に手を出すやり方は愚かだ。……いや、僕に彼らをそのように言う資格はないが」

雪匡はそう言って自嘲気味に笑った。

「……それで雪匡さん、どうして今回こんな騒ぎになっているんだ?」

「そうだな。そろそろ本題に入ろう」

冬緒に問われ、雪匡が咳払いをする。

「先日、椿木家に所属している陰陽師が何者かの襲撃に遭った。不意打ちだったらしく、その姿を見た者は誰もいない。しかし、十数年前に碧羅と対峙《たいじ》した者たちが、そこに残されている気配が奴のものだと口を揃えて証言した。おかげで椿木家は大混乱だ」

よく見れば、雪匡の目の下には隈が出来ていた。睡眠時間を削らなければならないほどの騒動になっているようだ。綺麗な顔なのに勿体ないと見初は同情した。

「我々椿木家がすべきことは二つ。碧羅の退魔。そして、櫻葉永遠子の保護だ。よって彼女は一時的に僕の家で預かることになった」

「じゃ、じゃあ、永遠子さん暫《しばら》く帰ってこられないんですか?」

「というより、大丈夫なのか? 永遠子さんを本家で預かることになれば……」

冬緒は疑念の言葉を口にした。

碧羅が再び現れた目的はまだ分かっていない。

だが再び、永遠子を殺そうとしているのなら、彼女を保護する椿木家にも碧羅が牙を剥くことは容易に想像がつくのだ。

「……今回は先に椿木家を狙っているから、まだどうとも分からないが、碧羅の狙いが彼女でもあるのなら、それはそれで一族としては好都合だ」

その傲慢な口振りは、どこかわざとらしく聞こえる。

彼が何を言おうとしているか、見初にも想像がついた。

「永遠子さんを囮《おとり》にするつもりなんですね」

「ああ」

雪匡は即座に肯定した。

「椿木家としては、今回何が何でも碧羅を祓《はら》うつもりだ。そのためなら、どんな手段でも使うと当主は決めている」

「……ずいぶんと気合いが入ってるな」

呆れと感心を含んだ声で冬緒が言った。

「これはただの退魔ではなく、椿木家の誇りにかけた任務だ。同じ妖怪を二度も取り逃がしてたまるかと、皆躍起《やっき》になっている」

しかし、その例外が目の前にいる。見初にはそう思えた。

「雪匡さんはあまり乗り気じゃないみたいですね」

「……たった一体の妖怪相手に本家が壊滅しかけたんだ。そんな奴を今度は祓えるなどと、僕には思えない」

雪匡は自分の部下が控えている部屋の外を一瞥《いちべつ》した。

「せめて、朱男さんがいればと提案したが、それも聞き入れてもらえなかった。一度椿木家を離れた人間の手は借りたくないというわけだ。あの人ほどの実力を持つ陰陽師など、今の椿木家にはいないのに」

「まあ、そうだろうな……」

椿木家の性質をよく理解している冬緒は、雪匡の愚痴にうんうんと頷いた。

「えーと？　永遠子さんがお休みの理由とか碧羅って妖怪のことは分かりましたけど、雪匡さんは何のためにうちに来たんですか？」

見初は素朴な疑問をぶつけた。

椿木家の次期当主である雪匡は、こんな場所にいる場合ではないはずだ。早く家に戻るべきだと思うのだが……。

「もしかして、柳村さんに協力して欲しいってこっそり頼みに来たのか？」

「それもある。だが、一つ気になることがあって、わざわざここに来た」

「「？」」

「櫻葉永遠子が何故、碧羅に命を狙われているのか。その理由が知りたい」

とんとんと人差し指でテーブルを叩きながら、雪匡が告げる。

「ホテルの件で櫻葉家を快く思わない連中がいたことは確かだ。ただ、それだけで命を奪うほどの憎しみを、彼女が向けられるとは考えにくい。何か他に理由があるはずなのだが……」

「あの……永遠子さんは何か知っているんじゃないでしょうか？」

「それは本人に電話で何度も聞いた。だが、碧羅のことは覚えていないし、狙われる理由に心当たりもないと答えが返ってくるだけだった」

本当にそうなのだろうか。

見初はここ数日間の永遠子の様子を脳裏に浮かべた。

……彼女はずっと、何か大きな悩みを抱えていたのかもしれない。そして、それを誰にも打ち明けることが出来ずに、苦しんでいたとしたら。

「雪匡さん、私にも協力させてください」

「時町さん？」

「永遠子さんが危ない目に遭いそうになっているのに、何もしないわけにはいかないです」

「俺も同じだ、雪匡さん。椿木家がどうなろうが俺には関係ないけれど、永遠子さんが関わっているなら話は別だ」

「君たち……」

雪匡は強い口調で詰め寄る二人に大きく溜め息をついた。

そして、一言。

「少し安心した」

「え？　何がですか？」

「本家では櫻葉永遠子を案じる者はほとんどいない。皆、碧羅のことで頭がいっぱいで、誰も彼女を気遣おうとはしない。だから君たちのように彼女のことを第一に考える人間がいることに安心した」

「そ、そんなの当たり前じゃないですか。永遠子さんは私たちにとって大切な人ですから」

頬を膨らまして憤る見初に、雪匡の頬が緩む。だが、すぐに引き締まった。

「それでは櫻葉永遠子と碧羅との関係だが、何か心当たりはないか？」

「うーん……永遠子さんって昔から妖怪や神様と仲良くしていたみたいですけど」

「昔からここに来ている常連客の妖怪に聞けば何か分かるかもしれないな。たとえば緋菊《あかぎく》さんとか」

その名前を聞いた途端、雪匡が片眉をぴくりと動かした。

「あの天狗か……」

以前、邂逅《かいこう》した時のことを思い返す雪匡の声は苦みを含んでいた。

「他にも河童さん夫婦とか、雨神様がいらっしゃいますよ！　あ、今は夫婦じゃなくて親子ですね！」

「……このホテルには本当にわけの分からないものばかりが客として来ているんだな」

雪匡がそう呟いた直後、外から悲鳴が聞こえてきた。ゆっくりと開かれるドアに、三人は身構えた。

「困りましたねぇ。私はただ、部屋に入ってもいいでしょうかと聞いただけなのに、怯えられてしまいました」

珍しく落ち込んだ様子で柳村がスタッフルームに入って来た。悲鳴の出所は、廊下で待機していた雪匡の部下だったらしい。

「あなたは未だに椿木家では最も恐れられる存在だ。声をかけられるだけで怯える者もいると思う」

「それは困りましたねぇ」

柳村は雪匡の言葉に苦笑しながら、自分の頬を掻いた。

「柳村さん、フロントはどうしたんですか？」

「それは天樹君に交代してもらいました。こちらの話が気になったものですから」

この人なら何か知っているだろうか。見初は聞いてみることにした。

「柳村さんは、碧羅が何で永遠子さんを狙っているのか心当たりありますか？」

「いいえ。碧羅が椿木の本家を襲撃した時、私は別の任務で地方にいましたからね」

「……タイミングが悪かった」

アメジストを思わせる紫色の目を細め、雪匡が悔しげに漏らす。

「もし、朱男さんがあの場に居合わせていたら、碧羅を逃がさずに済んだかもしれない」

「いえいえ、恐らく万全の状態の私がいたとしても、結果は変わらなかったでしょう」

「柳村さん、そんな謙遜しなくても……」

「謙遜ではありません」

柳村は見初の言葉をゆるりと遮った。

「事件が起こった後、急いで本家に戻った時、まだ碧羅の気配が残っていました。それは今まで私が出会ったどんな妖怪よりも恐ろしく感じました。『一瞬でも出会いたくない』と思ってしまうほどに」

「柳村さんが怯えるくらいって……そんなに危険な妖怪だったんですか」

「ええ。死者が一人も出なかったのが奇跡のようなものでしたねぇ」

どんな時でも頼れる存在の柳村に、そこまで言わせる妖怪。見初だけではなく、冬緒と雪匡も表情を強張《こわば》らせた。

◆　◆　◆

「ほお、そなた変わっておるな。私たち妖怪を見ても驚くどころか、友になりたいと申すか！　よい、許す！」

少し変わった喋り方をする綺麗な人。それが永遠子にとって、新しい『友達』となる妖怪に初めて抱いた印象だった。

紫色の花の髪飾りを付けた妖怪だった。それと爽やかな香りがする。

妖怪は、髪飾りなんて自分がつけていてもあまり似合わないと唇を尖《とが》らせていた。

「弟がこれをくれたのだ。絶対に似合うからと無理矢理押し付けられてしまった」

拗ねた様子でそう言うので、ひたすら似合う似合うと繰り返していたら「ええい、分かった。分かったからもう黙れ」と怒られて、けれどすぐに照れ臭そうに笑ってくれた。

「悠乃《ゆうの》の孫と聞いていたから、とんでもないじゃじゃ馬かと思いきや、何とまあ愛らしい」

本当に？　と聞くと「私は嘘をつかぬ」と返事があった。

「よし……決めたぞ。私がそなたたち人間の手助けをしよう。何でも『ほてる』だとか言う宿を作ったはいいが、色々な方面からちょっかいをかけられているのだろう？　悠乃が安心して『ほてる』を続けていけるように手を貸してやる」

「ほんと？」

「だーかーら、私は嘘をつかん。さて、互いに自己紹介をするとしよう。そなたの名は何という？」

「さくらばとわこ！」

「とわこ……ふむ、覚えたぞ。私の名は雲居《くもい》だ」

そっと手を差し伸べられる。その手を握ると、嬉しそうに笑ってくれたのが嬉しかった。

体が小さく揺れる感覚と、車のエンジン音に導かれるように瞼《まぶた》を開くと、黒服の男たちに両脇から挟まれた状態で、車の後部座席に乗っていた。窓ガラスは灰色のフィルターのようなもので覆われており、今どこを走っているのか分からなかった。

永遠子が目を覚ましたことに気付いた男が、「ご気分は如何《いかが》ですか？」と事務的な口調で訊ねた。

「ええ。大丈夫です。少し……眠っていただけなので……」

「体調が優れない時はすぐに言ってください」

「はい……ありがとうございます」

車内の空気は張り詰めていた。全員、いつ来るかもしれない妖怪の襲撃に警戒しているからだろう。

永遠子は俯《うつむ》くと、瞼を閉じた。睡魔は消え失せており、二度寝は出来そうになかった。

脳裏に浮かぶのは見初たちだ。彼女たちには仕事でたくさん迷惑をかけてしまったし、何も言わずにこうしてホテル櫻葉から離れてしまった。

きっと心配しているはずだ。嬉しい反面、申し訳ないと思う。

「あと少しで到着します。その後は我々の指示に従って動いてください」

「はい」

「何度もお伝えしましたが、碧羅が再びあなたを狙う可能性は高い。奴を今度こそ祓うために、あなたには協力してもらいますよ」

「はい。……あの、でも」

「何か？」

「どうしても、碧羅を祓わないといけないのでしょうか……？」

永遠子の問いかけに、男の口から小さな笑い声が漏れた。

「何を言っているんです。あなたは幼い頃に奴に殺されかけているんですよ？　そんな奴を庇《かば》う理由なんてどこにあるんですか？」

「……それは」

「あなたは櫻葉悠乃の影響を悪い意味で受けた。だから妖怪に殺されそうになったのに、今もあんなホテルで働いているんですよ」

「っ、祖母を、ホテル櫻葉を悪く言わないでください」

「……失礼しました。ですが、あなたもそろそろ考え方を改めたほうがいい。妖怪も神も最終的には人間の害にしかならないということを――うわっ!?」

車が突然、急ブレーキをかけて停まり、車体が大きく揺れた。

永遠子の隣にいる男が運転手に向かって声を荒らげる。

「おい！　何をしているんだ！」

「いや……子供が……」

運転手は狼狽《うろた》えながら答え、前方を指差した。

どこかの山道を走っていた車の前に、一人の子供が立っていた。

人懐っこそうな笑みを浮かべる、白い髪の少年だ。

「あんなのに構うな。どかないなら、避けて行けばいいだろ」

「わ、分かった」

運転手はハンドルを回し、少年を避けてその横を通ろうとする。

だが。

「……あの子」

少年の姿を捉えた永遠子がそう呟いた途端、車外から爆発音のようなものが聞こえた。

「な、何だ！」

「タイヤだ！　タイヤが破裂している！」

ドアを開けて車体を確認した運転手が叫ぶ。

パニックに陥る車内で、運転手が「ひぃぃっ！」と叫び声を上げた。

「あ、あの子供だ！　あいつがやったんだ……！」

その言葉に、皆が少年へと視線を注ぐ。

「直接、攻撃されたわけじゃないのに大袈裟……」

落ち着き払った声。少年の目は翡翠《ひすい》色の光を放っていた。

「そんなことで私を祓えると思っているのか？」

男たちは嘲笑混じりの問いかけに顔を引き攣《つ》らせるも、一斉に車内から飛び出した。その手には数枚の札が握られている。

「全員で一気にやるぞ！　あいつが『碧羅』だ……！」

「おおっ！」

多数の札が少年に向かって放たれる。

だが、それらは彼に届く寸前で細かく千切れてしまい、ただの紙屑となって地面に落ちていった。

「ひ、怯むな！　攻撃を続ければ……」

「このまま続ければ、お前たちも『こんなふう』になるよ」

そう言って少年が側にあった木に触れる。

爆発音の後、木の幹にはぽっかりと大きな穴が開いていた。

その光景に、男の一人が後退《あとじさ》りをし、やがて足を縺《もつ》れさせながら逃げ出した。それを見た他の男たちも次々と走り去っていく。

少年は彼らを追いかけようとはせず、彼らが残していった車を見詰めていた。

開かれたままの後部座席のドアから、永遠子がゆっくりと降りる。

その顔には恐怖と戸惑い、そして悲しみが浮かんでいた。

「……碧羅」

震える声で名前を呼ばれ、少年が幼い顔に貼り付けていた笑みを消す。

「可哀想に。あいつらはお前を見捨てて逃げたよ、永遠子」

冷淡な声音で言葉をかけながら、碧羅は永遠子へ小さく細い手を伸ばした。

「ざまあみろ」

◆　◆　◆

「まずいことになった」

雪臣はそう言いながら自分のスマホを強く握り締めた。

突然、かかってきた電話を取ったと思えば、苛立たしげに電話の主に指示を出して切ったのである。

「何かあったのか？」

「碧羅が現れて、櫻葉永遠子を連れ去った。彼女の護衛を任されていた奴らは、皆逃げ出したらしい」

冬緒に訊ねられ、雪匡は窓の外へ視線を向けつつ答えた。

それを聞き、柳村が深い溜め息をつく。

「やはり、狙いは永遠子さんでしたか……」

「……彼女を囮にして碧羅を誘《おび》き寄せる当主の作戦は、失敗だったというわけだ」

「そんな作戦どうでもいいです！」

見初は血相を変えて雪匡に詰め寄った。「落ち着け、時町！」と冬緒が制止しようとするが、その手をあっさりと振り払われてしまう。

「早く永遠子さんを助けに行かないと……！」

「それは僕たちも分かっている。だが、視覚の能力を使って碧羅を捜そうにも、奴は自らの一部を絶対に残さない。椿木家が今まで見付けられずにいた理由もそこにある」

「そんな……このままじゃ、永遠子さんが……！」

今までにも自分たちが危険な目に遭うことはよくあった。だが、これほどまでに命の危機を感じたことはなかった。

最悪の事態を思い浮かべた見初の顔色が悪くなっていく。

「……永遠子さんなら、すぐに殺されることはないと思います」

冷静に、だがいつになく硬い声で自らの考えを口にしたのは柳村だった。

「永遠子さんの命を奪うことが目的なら、その場で殺してしまえばいいでしょう。ですが、碧羅は永遠子さんをわざわざ攫っています。何か目的があってのことかと思います」

「や、柳村さぁん……」

「……俺も永遠子さんは無事……だと思う」

少し躊躇《ためら》いがちに冬緒も見初に言う。その表情は言葉とは裏腹に不安げだ。

本当は見初と同じことばかりを考えているのだろう。それでも、見初を安心させるために、真逆のことを言っているのだ。

見初はその優しさを感じ取って力強く頷いた。

「そうですよね。焦っている暇があるなら、永遠子さんを助ける方法を考えないと……」

「はい。ただ、これは……」

「朱男さん？　どうかしましたか？」

何かに疑念を抱いている様子の柳村に、雪匡が声をかける。

「いえ。今、時町さんに説明しながら気付いたのですが、ひょっとすると碧羅は永遠子さんを……」

「雪匡様！」

柳村が言い終えるより先に、雪匡の部下たちが部屋に流れ込んできた。

「本家に碧羅が近付いているとの情報が入りました！」

「何だと⁉」

「ですが、椿木家だけではなく高名な陰陽師も多数集まっている状態です。これならば、碧羅を返り討ちにしてやれると思います！」

「いや、攻撃は極力控え、防御に徹するように伝えろ」

雪匡は自信に満ちた部下へ、そう指示を出した。

「朱男さんが勝てるか分からないと言った相手だぞ。そこらの陰陽師が束になって勝てると思うのか？」

「確かにそうですが……」

「まずは生き残ることを第一に考えろ。今度は本当に死人が出るかもしれない」

「か、かしこまりました！」

主の命を受けて、部下たちが退出する。

その一部始終を見ていた見初は感心したように「おお……」と唸った。

「かっこいいですね、雪匡さん。当主って感じです」

「まだ次期だ。それにあまり僕を褒めるな。彼に妬《や》かせるつもりか？」

「え？　それはどういう意味で……」

「雪匡さん、今はそんなこと言っている場合じゃないから……」

頬をほんのり紅潮させながら冬緒が弱々しい声で言った。

「……それはすまないことをした」

「雪匡さん？　話の流れがよく分からないんですが」

「あとで冬緒君に聞け。それよりも、僕は今すぐに本家に戻る」

「え？　今すぐ戻るって言っても……」

本家がどこにあるかは分からないが、ここからは相当な距離があるはずだ。

どうやって？　と首を傾げる見初を余所《よそ》に、雪匡は一枚の札を取り出した。窓を開け、その札を外に放ると光り出し、巨大な白い鳥に変じた。

「わあ、でっかい……！」

「僕の式神の一つだ。霊力の消費が激しいからあまり使いたくはなかったのだが、のんびり車で帰っている場合でもなさそうだからな」

そう言いながらスタッフルームから出て行こうとする雪匡だったが、背後から見初に両肩を掴まれて止まった。

「雪匡さん……あの鳥、定員何名ですか⁉」

雪匡はその問いに目を丸くしたのだった。

◆　◆　◆

空が分厚い雲に覆われ、太陽の光が薄れる。

やがて冷たい雨が降り出し、地面を濡らしていく。

「お願い、ここから出して。碧羅……！」

雨音に混じる永遠子の懇願する声。

「その必要はないよ。このほうが持ち運ぶのも楽だからね」

碧羅は抑揚を欠いた声で告げると、手に握っている瓶へ視線を落とした。

そこの中には掌に載る大きさまで体を縮められた永遠子が入っていた。

「少しでも陰陽師として鍛練を積んでいれば、こんな術簡単に解けたのに。他の誰かが自分を守ってくれると思っていたの？」

「……櫻葉家はもう陰陽師の家じゃないわ。別の形であなたたちと関わっていくって決めたの」

「ああ、それであんなもの作ったんだっけ」

思い出すように碧羅が言った。

「人間だけじゃなくて、妖怪も神も楽しく過ごしてもらう『ほてる』を作って、悠乃は満足だったかな。でも、それは好意の押し付けだよ」

翡翠色を帯びた碧羅の目が、永遠子を強く睨む。

「人間の真似事をさせて、楽しませるのは面白い？　人間にとっては当たり前のことなのに、こいつらはこんなことも知らないんだって内心では馬鹿にしていた？」

「違う！　私もおばあちゃんも、皆だってそんなこと思って……いないわ……」

思わず叫んだ永遠子だったが、やがて項垂《うなだ》れてしまった。

それを見詰め、やがて碧羅は瞼を閉じた。

「いいよ。人間が何をどう思っていても私には関係ない。私が許せないのは、それに姉を巻き込んだことだ」

開かれた双眸《そうぼう》には、激しい憎しみが宿っていた。永遠子は思わず悲鳴を上げそうになり、すんでのところで口を押さえた。

碧羅は苦い笑みを浮かべ、手を軽く握った。

どこからか、複数人の悲鳴が聞こえて永遠子ははっと辺りを見回した。周囲からこちらを窺っている者たちがいるらしい。

「椿木の陰陽師かな、君を助けようとしてくれているんだね。……あいつらも嫌いだ。人間が一番だと言い張って、妖怪も神もたくさん祓ってきた。だから、最初に潰すなら、椿木だって決めてた」

「潰す？　碧羅、あなた何を……」

「悠乃、聞こえてる？　いつまでも成仏しないでずっと孫に張り付いているの、私には分かるよ」

碧羅は瓶に顔を近付け、困惑する表情の永遠子に告げた。

「私の姉は君たちに誑《たぶら》かされて死んだ。私以外は何も遺さずに死んだ。でも、悠乃は死んでもたくさんのものを遺せた。ほてるも、孫も、自分を慕う奴らも……そんなの不公平だよ」

途方もない怒りと憎しみがその声から伝わって来る。

「だから、君たちが持っているものを私が全部奪ってやる」

永遠子は碧羅にかける言葉を見付けることが出来なかった。もう、自分では彼を止めることは出来ない。一瞬でもそう思ってしまっていたからだ。

◆　◆　◆

「椿木さん、大丈夫ですか？」

「…………」

「おーい、椿木さんや」

「…………」

見初が何度声をかけても、冬緒からの反応はなかった。膝を抱えてその中に顔を埋めたまま、ぴくりとも動かない。完全に心を閉ざしてしまった人と化している。

肩を揺すってみても駄目だ。見初は困り顔で柳村を見た。

「どうしましょう、椿木さんがヤバそうです」

「椿木君に空の旅はまだ早すぎたのかもしれませんねぇ」

白い翼を広げて空を駆ける白い巨鳥。その背中から地上を見下ろしながら、柳村が呑気そうな口調で言う。

見初は硬い表情で巨鳥の主に声をかけた。

「雪匡さん、アイマスク的なの持ってませんか……？」

「持っているわけないだろ」

即答だった。

「そもそもこうなることは分かっていただろう。どうして一緒に来たんだ」

「と、時町だけを行かせられるわけないだろぉ……」

ようやく顔を上げた冬緒は青ざめていた。歯がカチカチと鳴るほど震えてもいる。一緒に行きたいと言い出した見初に、半ば反射的に「俺も行く」と言った結果がこのザマだった。

「相手はあの碧羅だぞ。そんな奴がいるところに時町を先に行かせて何かあったらと思うと、いてもたってもいられなかったんだ」

「椿木さん……でも、目も開けていられないくらい怖いなら、やっぱり交通機関を利用して向かったほうがよかったのでは」

瞼を閉ざしながら語る冬緒に、見初が冷静なツッコミを入れた。

しかし、冬緒も負けじと言い返す。目を瞑《つむ》ったまま。

「いや、俺の反応が普通なんだよ！　何でお前、鳥の上に乗って空飛んでるのに、全然怖がってないの!?」

「そういうアトラクションだと思えば、怖くないですよ！」

「何がアトラクションだよ！　命綱もないのに楽しめるか馬鹿！」

雪匡はその様子を見て、呆れと感心が混じった声で言葉を漏らした。

「以前僕に連れ攫われた時もそうだったが、彼女ほど肝が据わっている人間もそうそういないな……」

「はい。時町さんはホテル櫻葉自慢のベルガールですので」

雪匡の独り言を拾った柳村が自慢げに言う。

「だが、分かる気もする。四季神《しきがみ》の力があれば、怖いものなしだからな」

「いえいえ、それはちょっと違いますよ」

「？」

「時町さんの強さは、元来の性格から来るものです。能力の有無など関係ありません」

「……そうか」

今は一刻を争う状況なのに、雪匡の頬は緩んでいた。緊張も幾分か解《ほぐ》れてくれた。

「あ、そういえば柳村さん。ちょっとだけいいですか？」

冬緒の面倒を見るのをやめた見初が、何か思い出したのか柳村に声をかけた。

「はい。何でしょうか？」

「さっき、柳村さん何か言いかけていませんでした？」

「さっき？」

「ええと、確か『ひょっとすると碧羅は永遠子さんを』……って」

見初に言われて、柳村は「ああ」と頷いた。

「それのことなんですがね。実は十数年前の襲撃事件を何度か調べてみると、気になることがありました」

「気になること？」

「碧羅が撤退した理由です」

柳村は人差し指をぴんと立てて言った。

「表向きでは碧羅は椿木の陰陽師たちによる決死の攻撃に押され、逃げ去ったとされています。ですが、奥の奥まで探ってみると、どうも記録が改竄《かいざん》されている痕跡がいくつか見付かりましてね。陰陽師業を引退して、現在は椿木家とは疎遠になっている方に話を聞くことが出来たんです」

「話って……どんな？」

恐怖より好奇心が勝ったのだろう。冬緒も話に交ざり始める。

「あの時、碧羅は自分の邪魔をする陰陽師を全て排除すると言って、永遠子さんを手にかけようとしました。ですが、その寸前に突然何かに驚くと、悔しそうな様子で突如姿を消したそうです。……それが何を意味するか分かりますか？」

「えっ、えっと……碧羅はやっぱりすごく強い妖怪ってことですか？」

「時町、それだけじゃないと思う」

高所の恐怖を忘れた冬緒は、暫《しば》し思案してから見初の目を見ながら言葉を発した。

「碧羅は永遠子さんを殺せないんだよ」

「その通りです。どのような理由があるかまでは定かではありませんが、殺したくてもそれが出来ないようですね」

殺したくても殺せない。悔しそうにしていたのは、そのためだろう。

おかげで永遠子は助かったのだが。そう考えて安堵する見初だったが、柳村の次の一言でぎょっとした。

「碧羅は永遠子さんを殺せません。ただ、逆を言えば、それ以外は何でも行えるということになります」

「……！」

「さて、そろそろ椿木家の屋敷が見えてくる頃です」

柳村の言葉に、見初は地上へ視線を下ろした。同じことをした冬緒は「ひえっ」と悲鳴を発し、再び膝を抱えて動かなくなった。

「柳村さん……ここ、山みたいですけど」

青々とした木々に覆われたこんなところに、屋敷なんてあるようには思えなかった。

「椿木の本家は、山の中にあるんですよ」

「なるほど……あ！」

木がまったく生えていない一帯がある。そこに聳《そび》え立つ建築物を見付け、見初が声を上げた。

「……あれが雪匡さんのおうちなんですね」

「ああ。こんな山奥に建てるには勿体ない造りをしているだろう？」

「勿体ないというか……時代の流れを感じますね」

よく分からない感想だと自分が持っている札をチェックしながら、雪匡が苦笑いを浮かべる。

「時代の流れというが、度々改築しているんだ。壁や瓦も劣化する前に変えているから、あまり月日を感じるようなものではないと思うが……」

「ファッ!? しょっちゅう改築してるのに、あんなえらいことになってるんですか!?」

信じられないと瞠目《どうもく》する見初の反応が気になり、雪匡も屋敷がある方向に視線を向けた。

　そこには確かに、巨大な屋敷が建っていた。豪勢な造りをした三階建ての屋敷、椿をイメージした深紅の瓦、花が咲き乱れる広大な庭。雪臣にとっては飽きるほどに見てきた景色である。

　だが、様子がおかしい。屋根の一部に大穴が開いており、壁が砕けている。庭の植物も嵐のあとのような惨状になっていた。

「雪臣さん、あんな場所で暮らしてるなんて……」

「違う。あれは……」

　気の毒そうな見初に短く言いながら、雪臣は目を凝らした。法衣を着た陰陽師たちと、彼らの式神らしきものが何かと対峙しているところのようだ。

　そして、屋根の上に誰かが立っている。

　鳥が屋敷に近付くにつれて、次第にその姿がはっきり見えるようになっていく。

　白い髪の少年だ。そう認識した途端、雪臣は寒気を覚えた。

「間違いない。あれが碧羅だ」

「えっ？　どこにいるんですか⁉」

「よく見るんだ、屋根に乗っている」

「そう言われましても……って子供⁉　あれが碧羅なんですか⁉」

　驚愕する見初に、雪臣が眉間に皺を寄せて答える。

「碧羅は白髪の子供の姿をしていたと、父から聞いたことがある。見た目に騙されるなとも」

「はい。その通りです」

柳村が黒い数珠を手に巻き付けながら言う。

「ですので椿木君、雪匡様。お二人の力を少しお借りしたいのですが、よろしいですね？」

温厚な口調。けれど有無を言わせない口振りに、協力を求められた二人は首を縦に振った。

◆　◆　◆

名家に相応《ふさわ》しい立派な造りをしている椿木家の屋敷は、今は無惨な姿となっていた。攻めよりも守りを重視して、攻撃を防ぐ結界を張っていなければ、自分たちもあの状態になっていただろう。

その場にいる陰陽師の誰もが思った。

「と、当主様は今どちらにおられるのだ！」

「会談にご出席されている。戻る前に碧羅を祓っておけと命が出ているが……」

「雪匡様からは防御に徹しろとご指示があったぞ」

「どちらにせよ、あんな奴相手にどうすればいいんだ……！」

「防御だけで終わらせるな！　こちらからも攻めるべきだ！　雪匡様がお戻りになるのを待っていられるか！　櫻葉家の令嬢が捕まっているんだぞ⁉」

苛立ちと焦燥感に駆られた陰陽師がそう言うと、他の者たちも迷いながら札を構えた。

碧羅は彼らの姿を屋根の上から見下ろし、期待するように目を輝かせた。

「やっと、まともに戦う気になったんだね。いいよ、それを待ってたんだ」

碧羅の傍らには瓶が置かれ、その中では永遠子が碧羅に向けて必死に叫び続けている。

「もうやめて！　あの人たちは何も関係ないの！　あの時も今も、あなたが憎んでいるのは私でしょう……⁉」

「あいつらは、命令とはいえ君を助けようとしている。だから、私はあいつらを潰すと決めたんだよ。櫻葉家に少しでも関わった奴らは皆、消してやる」

碧羅に向かって陰陽師たちが札を投げつける。それだけではなく、彼らの式神も碧羅を捕らえようと迫っていく。

だが、碧羅が右手を水平に振った途端、札は全て引き裂かれ、式神は悶え苦しむような動きを見せたあと、内側から弾けてバラバラになっていった。

「な、何ということだ……」

まるで相手にならない。陰陽師から嘆きの声が漏れた。

「……まずは椿木家。その次は他の二つの四華《よんか》。そして、最後にほてる。すべて消してやる……！」

碧羅が手を強く握り締めると、陰陽師たちを守っていた結界は硝子が割れるような音を立てて砕け散った。

防御をする術をなくした彼らに、碧羅が攻撃を加えようとした時だった。

上空から降ってきた白い何かが、蛇のように碧羅の体に絡み付いた。

「……これは」

自らを拘束する『それ』に、碧羅が目を見開く。

『それ』の正体は経典だった。筆で書かれた文字は淡い光を帯びており、碧羅は忌々しげに眉を顰《ひそ》めた。

「くそ……っ、破れない……！」

「それは私だけではなく、こちらの二人の霊力も込められていますからね。そう簡単に破ることは出来ませんよ」

永遠子は空から聞こえて来たその声に、弾かれたように顔を上げた。

青空を覆うほどの巨鳥の式神。その背中に乗っている者たちの名を掠《かす》れた声で呼ぶ。

「柳村さん……それに冬ちゃん……」

椿木家の次期当主である椿木雪匡の姿もある。

彼らの存在に気付いた陰陽師たちも大きくざわつき始めていた。

「雪匡様がお戻りになったぞ！」

「いいや、雪匡様だけではない！　椿木朱男もいるぞ！」

「あれが……椿木家で最も優秀とされた男か……」

「ん？　二人と一緒にいる男も陰陽師なのか……？」

「雪匡様が呼んだ助っ人か？」

そして、冬緒に対して皆、「あれは誰だ？」と首を傾げている。

その反応に当の本人は複雑そうな顔をしていた。

「何だ、この腹が立つような悲しいような気分は……」

「ですが、椿木君。君の協力もあって、碧羅の動きを封じることが出来ましたよ」

「は、はい……！」

柳村の言葉を受けて少し元気になった。

経典から何とか逃れようともがきながら、碧羅は柳村たちを睨み付けていた。

「くそっ、何なんだお前は……！」

「永遠子さんを解放してください。話はそれからです」

淡々とした口調で柳村が言う。

「あなたにはお聞きしたいことがたくさんあります。ですが、まずは永遠子さんの安全が最優先ですので」

「お前たちも永遠子を助けに来たのか……どうして、こんな奴を助けようとするんだよ！」

「私たちの大切な仲間であり、ホテル櫻葉を一番愛している人ですからね」

その言葉に、永遠子の目に涙が浮かぶ。

だが、その直後、周囲に強い風が吹き始めた。いや、碧羅から風が起きているのだ。

「……あんな場所を愛しているだって？」

恐ろしく低い声だった。

「ふざけるな！　姉は、雲居はあんな穢《けが》れた場所を守るためだけに死んでいったんだ！

人間の傲慢な考えのために……！」

碧羅を捕まえていた経典が少しずつ破れ始める。

「許すものか……！　お前たち皆消してやる‼」

経典が千切れ飛び、塵《ちり》となって消えていく。

そして、碧羅の体が光に包まれ、子供の姿から別の『もの』へ変化しようとしている。

それを見た柳村が「……なるほど」と合点がいったように呟いた直後、光は一際強くなった。

「あれが碧羅の正体ですか。……これは並の陰陽師では相手になりませんね」

雪匡の式神である巨鳥を上回る大きさ。

翡翠色に輝く鱗《うろこ》。

怒りを宿した深紅の瞳。

そこにいたのは美しくも恐ろしい、一頭の龍だった。

「龍……だと……」

戦意を喪失した陰陽師たちがその場に座り込む。雪匡と冬緒も絶句し、流石の柳村も険しい顔をしている。

龍は妖怪と神の中間のような存在。その力は桁違いと言われているからだ。

「死ね……死んでしまえ‼」

龍となった碧羅が咆哮《ほうこう》を上げたことにより、風が強く吹き荒れ、地面が大きく揺れた。

その拍子に、永遠子が入っていた瓶が屋根の上から落下した。

「……っ！」

永遠子は衝撃と痛みを覚悟して目を瞑った。が、「永遠子さん！」と自分を呼ぶ声に気付く。

「永遠子さーん！」

見初がこちらに向かって猛スピードで走って来ていた。

「見初ちゃん……！」

「よい……しょっと！」

瓶が地面に落ちるギリギリで追いついた見初がどうにかキャッチする。

「ぜぇ、ぜぇ……ま、間に合ったぁ！」

「見初ちゃんも来てくれたのね……」

「当たり前じゃないですか！　あれ、でも永遠子さんすっごく小さくなってますけど、元の姿に戻りますよね……？」

不安になりながら瓶の中の永遠子を観察する。すると、瓶に巨大な龍の姿が映り込んだ。

「えっ」

振り向くとすぐ目の前で、龍が見初を凝視していた。

「陰陽師ですらない。……お前は何だ？」

「……永遠子さんの友達です」

「友達？」

「はい。だから、ここまで助けに来たんです」

見初は龍をまっすぐ見詰めたまま、そう答えた。恐怖はある。だが、永遠子を苦しめている妖怪に、怯えるわけにはいかなかった。

だが、それは間違いであったと見初はすぐに気付いた。碧羅から凄まじい怒気を感じたからだ。

「何でそいつが危なくなったら、皆で助けに来るんだ！　助ける価値なんてないのに！」

「あ、あります！　だからそんなこと言わないでください！」

「お前は櫻葉家が何をしたのか分かっていないから、そんなことが言えるんだよ‼」

その叫びに、場の空気が水を打ったように静まり返った。風もぴたりと止む。

「そのほてるとやらを守るために、こいつらが何をしたと思っているんだよ……」

「…………？」

怒りと憎しみ。だけど、それだけではない。深い悲しみと絶望が碧羅の声から伝わって来る。

何だか酷く憐れに感じて、見初は無意識のうちに龍の顔へ手を伸ばしていた。

「やめろ、時町！」

そのことに気付いた冬緒が叫ぶが、既に遅かった。

触れた箇所が強く光り出したとともに、強烈な熱が見初の掌に広がった。まるで焚き火の中に手を直接入れたような感覚に、見初は慌てて手を離した。

「あっっつ！」

今のは触覚による力だろうか。今までにないような感覚だったが……。見初が困惑しながら自分の手を見詰めていると、別の手で持っていた瓶が突然割れた。

「きゃっ！」

元のサイズに戻った永遠子が地面に思い切り尻餅をつき、短い悲鳴を上げた。

「永遠子さんが戻った……！」

「いたた……でも、どうしてかしら？」

二人で碧羅へと視線を向ける。すると、龍の体がうっすらと透け、微かに少年の姿をした碧羅が見えていた。

鋭い眼光が見初に向けられる。

「お前……何者だ」

「……さっき言いました」

「そいつを守ろうとするなら、お前だって私の敵だ」

はっきりと告げられる。面と向かって負の感情を向けられるのは少し心が痛いし、何をされるか分からない怖さがある。

だからと言って、引くわけにはいかなかったが。

見初はまっすぐ碧羅を見詰める。それが彼の問いに対しての答えだった。

龍の姿が解けて少年に戻った碧羅を、柳村を始めとする陰陽師たちが取り囲む。

「碧羅、あなたの憎悪の根源は、姉の死ですか」

「……ただ死んだわけじゃない。人間に利用される形で死んだんだ。殺されたようなものだった」

その言葉を最後に、碧羅は煙のように消えていった。

数秒の沈黙の後、口を開いたのは雪匡だった。

「……去ったか」

「はい。時町さんに力を奪い取られたためでしょうね」

「わ、私、そんなつもりはなかったんですけど……」

「無意識だったと思いますよ。ですが、あなたがいなければ、被害はもっと大きくなっていたでしょう」

そう言って柳村が頭を下げるので、見初は「いやいやいや！」と叫んだ。

「あそこで能力が使えたのは偶然だと思いますし……」

「見初ちゃん」

見初の言葉を遮ったのは永遠子だった。そして、震える腕で見初に抱き着いた。

「ありがとう……ごめんなさい……」

「と、永遠子さん……」

そう言って堰《せき》を切ったように泣き出した永遠子に、見初はどうすればいいかと周囲を見回す。その泣き声はまるで子供のようで、初めて見る永遠子の姿は、見初たちを狼狽《ろうばい》させた。

「ふん、結局あれを取り逃がしたのか」

突き放すような声に、その場にいた全員が視線を向けた。

白髪交じりの初老の男が、周囲を見回している。男は陰陽師たちを一瞥すると、柳村を見て僅かに眉を寄せた。

「まさか……再びあなたに会う日が来るとは」

「お久しぶりですね、紅耶《こうや》様」

和やかな雰囲気で挨拶をする柳村。だが、雪匡や他の陰陽師は深々と頭を下げたまま、動こうとしない。

首を傾げる見初に、冬緒が耳打ちをする。

「あの人は椿木紅耶。椿木家の現当主だ」

「じゃあ、雪匡さんのお父さん……」

だが、紅耶は息子に一言も言葉をかけようとせず、雪匡も頭を下げたままだ。その異様さに見初が言葉を失っていると、紅耶の視線がこちらに向けられた。

「お嬢さん、どうやらあなたのおかげで死者が出ることは免れたようだ」

「い、いえ……」

穏やかな笑み。だが、どこか冷たい印象を受ける。

見初が恐る恐るお辞儀をすると、紅耶は永遠子へ視線を移した。

「やはり、こうなってしまいましたね。櫻葉さん」

「はい……」

力なく返事をした永遠子の顔は血の気が引いて、真っ白になっていた。

「碧羅はやはりあなた、いいえ櫻葉家への復讐を諦めていません。再び宿った憎悪は今度こそ、あなたからすべてを奪うかもしれない。そして、私はそれを当然の報いだと考えています」

「………………」

見初には二人が何を話しているのか、理解出来なかった。ただ、いつも凛とした佇《たたず》まいの永遠子の後ろ姿がやけに小さく見えた。

◆　◆　◆

永遠子がホテル櫻葉に戻って来たのは、それから二日後のことだった。

「ただいま、皆！」

にっこり笑顔で戻って来た永遠子は、いつもの様子だった。顔色もすっかりよくなっている。

見初はそのことに安堵しながら、従業員たちに囲まれている永遠子を眺めていた。すると、隣にいた冬緒が不思議そうに口を開いた。

「でも、紅耶様と何を話していたんだろうな……」

「さぁ……」

碧羅が消えた後、見初たちはすぐに出雲に戻ることになったが、永遠子だけが紅耶に引き留められたのだ。

永遠子にそれとなく聞いてみたが、「ちょっとした内緒話よ」とはぐらかされてしまった。

「碧羅はあれから襲って来ないし、こうして戻って来たということはひとまずは安心ってことなんだろうけどな」

「そうですけど……」

またいつか碧羅は姿を見せるだろう。見初はそう確信していた。

姉の仇を取るために。

紅耶は碧羅のことを少しだけ見初たちに明かしてくれた。

碧羅にはかつて、姉がいたらしい。その姉は碧羅と同じく力の強い妖怪だったらしく、また好奇心旺盛な性格で、悠乃に出会い、ホテル櫻葉の存在を知り、常連客となった。

だがある日、櫻葉家を妖怪と神を懐柔しようとしていると考える妖怪の一味に、碧羅の姉も櫻葉家に味方をする裏切り者として襲われ……。

「……このホテルのことがなかったら、そんなことにならずに済んだっていうのは分かる気がする」

冬緒がぽつりと呟く。

「けど……俺は永遠子さんと悠乃さんを責めないで欲しいって思うんだ。あの人たちが妖怪たちを思う気持ちは本物だからさ」

「そんなの、私だって同じですよ」

今度また碧羅が来たら、その時も永遠子を助けたいと思う。

「それに、また私が碧羅の力をぎゅーっと吸い取れば……っていたたっ！」

「時町？」

急に左手を押さえた見初に冬緒が心配そうに声をかける。

「うーん、何かたまーに手が痛くなるんですよねぇ」

「大丈夫か？　仕事に支障をきたすようなら……」

「そこまでは酷くありませんから」

そう言って笑う見初は忘れていた。

碧羅の霊力を奪い取った時、彼に触れたのも左手だったことを。

その頃屋上には、にこやかな笑みでどこかへ電話をかける柳村の姿があった。

「では、今回のことは口外されずに、秘密裏に処理される。……そういうことでしょうか？」

『はい。父も僕に最低限の質問をしたあとは、この件について一切触れようとしませんでした』

「あれほど屋敷が損壊してしまえば、怪しまれるとは思いますが……同じ妖怪相手に、二度も太刀打ち出来なかったという情報が漏れるのを避けたいのかもしれませんね」

『……恐らくは』

電話越しに、雪匡が溜め息をつくのが聞こえた。彼も事後処理で大分苦労をしているようである。

「ですが、やはり気になりますね。紅耶様は碧羅の件について何かを知っているようです。碧羅の永遠子さんに対する憎しみも尋常なものではありませんでした」

『……はい、僕もそのように感じました。確かに櫻葉家に肩入れしていたのが原因で命を落としたとはいえ……』

「……ひょっとすると、ホテル櫻葉には大きな何かが隠されているかもしれません」

柳村の呟きは、やけに生温い風に攫われて消えて行った。

第二話　封じた記憶、奪った思い

人間を玩具にして遊ぶのは楽しい。

あいつらはすぐに死ぬし、何の力も持っていない。そのくせ、無駄に物事を考えられる頭を持っているから、それを利用して振り回してやると馬鹿みたいに動く。

その姿を見ているのと退屈しない。獣やそこらの下等妖怪ではこうはいかない。

「ひぃー！　ば、化け物だ！」

「逃げるぞ！　俺たちじゃ敵わねぇ！」

木の枝を揺らして音を立てただけなのに、皆青ざめながら山から逃げるように降りていく。

見た目が好みの人間の男を村から連れてくると、それを取り戻しに村人が山にやって来た。ただ、少し驚かしてみると、この通り。

何が「俺たちがあの性悪妖怪を退治してやる」だ。この程度で怖がって逃げ出しているようじゃ、妖怪なんて倒せるわけない。

「あはは、馬鹿め！」

聞こえないと知りつつ、木の頂上に登って村人たちに向かって叫ぶ。

そう、たとえ人間ではないモノに立ち向かえるような強い心を持っていたとしても、あいつらには妖怪が見えない。

妖怪が見えて、全然恐れない人間がいるのなら、こちらから会いに行きたいくらいだ。

「まあ、そんな奴あの村にいるわけないか」

「……ませーん」

「でも、捕まえた人間……ふふっ、私好みの見た目だった。記憶も心も全部消して私のお人形にしてしまおうか」

「すみませーん！」

「……ん？」

下から声が聞こえる。逃げ遅れた者でもいるのだろうか。

どんな奴かなと声の方向に視線を向けて、驚いた。

「すみません！　この山に詳しい人でしょうか⁉　この山のどこかに私の幼馴染が捕まっているみたいなんです……！」

声の主は活発そうな雰囲気の少女だ。

少女は切羽詰まった表情でこちらを見詰めていた。

「お前……私のことが見えるのか？」

妖怪が見えて、全然恐れない。そんな人間との出会いだった。

◆◆◆

この日、白玉《しらたま》の様子はおかしかった。

「ぷぅ……ぷぅ……」

いつものように、置物の如くデスクの上に座っていた真っ白な仔兎の体がゆらゆら揺れている。見るからに辛そうである。

自称白玉の保護者である冬緒《ふゆお》が、その様子を放っておけるはずがなかった。

「と、時町《ときまち》。白玉具合が悪そうだぞ。何かあったのか……？」

宿泊客を客室に送り届けた後、不安そうに見初《みそめ》に声をかける。

「ヤバそうなら、昼休みに俺が動物病院に連れて行くけど……」

「……椿木《つばき》さん」

真・白玉の保護者である見初は、渋い表情で口を開いた。

「一応、白玉は妖怪なので動物病院に連れていけません」

「えっ⁉　……はっ！」

たった今、思い出した。そんな表情の冬緒に、見初は腕を組みながら「ううん」と唸った。

白玉が心配なあまり、そんな基本的なことすら頭から抜け落ちていた模様である。それほどまでに白玉を案じてくれているのはありがたいのだが、実のところ杞憂《きゆう》であった。

今回の白玉の不調は、半分自業自得なのだ。

「今頃、風来《ふうらい》と雷訪《らいほう》も欠伸《あくび》してると思いますし……」

「ん？　何であの二匹が出てくるんだよ」

冬緒は不思議そうに聞いた。

「昨日の夜、三匹でこっそり寮を抜け出して遊んでたんですよ」

やや呆れた口調で見初が答えると、冬緒の目がギラリと光った。

嫌な予感がすると、見初は身構えた。

「夜遊びは駄目！　絶対！」

案の定、冬緒の保護者スイッチが入ってしまった。

「夜遊びってそんな変な言い方しないでくださいよ！」

「だって、どうせゲームセンターとかに行ってたんだろ？」

クレーンゲームではしゃぐ雷訪。格闘ゲームで連敗し続ける風来。シューティングゲームで驚異的なスコアを叩き出す白玉……。

そんな光景が冬緒の脳裏に浮かんでいるようである。

「別に行くのはいいけど……将来、天樹《あまき》さんみたいになったらどうするんだよ！」

そして、この発言だ。

本人に聞かれなくてよかった。安堵しながら、見初は昨夜の出来事を語り始める。

「常連の河童さん夫婦がいらっしゃるじゃないですか。そのお子さんが大きくなったから、裏山で他の妖怪たちと遊んであげていたんです」

「な、何で夜中なんだ？　河童って夜行性ではないだろ」

「うーん……私もそう思ったんですけど……」

河童夫婦の間に生まれた子供は、やや臆病な性格に成長して、昼間だと人間に見られるかもしれないと、棲《す》み処《か》から出て来ようとしないらしい。

そこで人間が寝静まっている夜中に、皆で集まって遊ぼうという話になったのである。

ほとんどの妖怪は昼も夜も関係のない生活を送っている。

しかし、ホテルの従業員である風来と雷訪、マスコット的存在の白玉はそうもいかない。

翌日に響かないように、帰る時間を決めていたのだが……。

「あの二匹と白玉がその時間をきっちり守ると思いますか？」

「………………」

真剣な表情で問う見初に、冬緒は無言で天井を仰ぎ見た。彼も事の顛末を理解したのだろう。

あと五分、あと十分。その繰り返しで白玉たちの帰宅時間はずるずると押していった。

妖怪たちは早く帰ったほうがいいんじゃ……と言っていたらしい。その光景が目に浮かぶようである。

結局三匹が帰ってきたのは、夜が明け始めた頃だ。物音で見初が目を覚ますと、白玉が風来と雷訪と共に部屋に戻ってきた直後だった。

あの時は三匹ともまだ元気だったが、朝になると、やはり夜更かしの洗礼が襲いかかってきた。

「雷訪なんて『時を戻す術を持つ神様は泊まりに来てませんか……』って弱々しい声で聞いてきました」

「いたとしても、寝不足を解決するために術を使ってくれるわけがないだろ」

「……むしろ、天罰が下りそうですね」

ただ寝不足にも負けず、風来と雷訪はちゃんと仕事をしている。白玉も妖怪や神様の宿泊客が来る度に「ぷぅ！」と愛らしく鳴いている。

しかし、眠いものは眠いらしい。白玉は気を抜くと、何度か眠りそうになり、それを必死に耐えている状況だった。

時折、白目を剥いたり、「ぶぉ……」と謎の鳴き方をしていたり、危うい時がある。

「……私、てっきりあの子に牛の霊が取り憑いたのかと思って心配したわ」

二人の会話に、永遠子《とわこ》も交ざる。

「でも、白玉ちゃんは従業員じゃないから寝かせてあげてもいいのよ？」

「それがマスコットの意地みたいなのがあるみたいで、部屋に戻ろうとしないんですよ」

見初の言葉を聞き、冬緒と永遠子はちらりと白玉を見た。

白目を剥き、涎《よだれ》を垂らしながら体を大きく揺らしている。

限界である。

「見初ちゃん、白玉ちゃんをスタッフルームに連れて行って。怖いから……」

「……分かりました」

白玉、ついに強制退去。

見初に抱き抱えられると人肌が心地よいのか、すぐに寝息を立て始めた。

「もう朝帰りは駄目だからね……」

あとで風来と雷訪と一緒に、みっちり説教をしなければ。

そう思いながらスタッフルームへ急ぐ見初だったが、突如ロビーに子供の叫び声が響き渡り足を止めてしまった。

「ふーざーけーんなー！　俺は絶対嫌だー！」

小学五、六年ほどの少年が、顔を真っ赤にして両親らしき男女に抗議している。父親に「はいはい、静かにしような」と俵のように担がれながら。

小さな怪獣襲来。見初は少年を一目見てそう思った。

だが、永遠子と冬緒は特に動揺することなく、笑顔で親子にお辞儀をした。

「いらっしゃいませ、ようこそホテル櫻葉《さくらば》へ」

「お荷物をお持ちいたします」

嫌な顔一つ見せず接客を行う二人に、母親は安堵の表情を見せながら頭を下げた。

「すみません、予約していた春日《かすが》ですが……」

「はい。二泊三日、三名様のご宿泊のプランでお間違えありませんか？」

母親と永遠子がやり取りをしている間も、少年は父親の肩の上でじたばたと暴れていた。

「おれは嫌だって言ってるだろ！　おれは外で寝るんだ！」

「いいのか？　そしたら美味しいご飯も、温かいお風呂も、ふかふかのベッドもないんだぞ？」

「そんなのいらない！」

父親による誘惑の言葉に対してもこれである。根負けする気配が全く見られない。

ここまでいくと、清々しさすら感じる。こっそり物陰から小さな怪獣の暴れぶりを眺めていた見初だったが、次の瞬間ロビーの空気は凍り付くこととなる。

「何で、こんな妖怪ホテルに泊まるんだよ！」

「ばっ……真太郎《しんたろう》！　何てこと言うんだ！」

これには父親も声を荒らげて少年を怒鳴り付けた。

母親も青ざめて、永遠子に何度も頭を下げている。

「も、申し訳ありません……！　息子が変なことを言ってしまって……！」

「い、いいえ、お気になさらず。ちょっと前までうちのホテルには、そういった『噂』がありましたので」

「噂なんかじゃない！　クラスのやつが言ってたんだ！　お前が泊まるホテルは妖怪が泊まりに来るから気を付けろって！」

「いい加減にしろ、真太郎！　そんなの子供の冗談に決まっているだろ！」

外まで聞こえるのではと思うほどの大声で叫ぶ少年に、父親が再度怒鳴った。

しかし、少年は怯むどころか父親を睨みつけた。

「そいつは親からその話を聞いたんだぞ！　母さんも父さんもそんな奴らがいるホテルに泊まりたいって思うのかよ！　ばあちゃんに酷いことをしたんだぞ⁉」

おばあちゃんに酷いこと？と見初は首を傾げた。

どうやら、彼がホテル櫻葉の宿泊を拒んでいるのは、単なる怯えではないらしい。

「……君、ちょっといいかな？」

憤慨している少年に、柔らかな声で話しかけたのは冬緒だった。

「君のおばあちゃんは妖怪に何をされたんだ？」

「……呪いをかけられたんだよ」

「呪い？」

僅かに眉を顰《ひそ》めた冬緒に、少年の母親が小さく溜め息をついた。

「この子、先月亡くなった私の母親が言っていた冗談を、未だに信じているみたいで……」

「ちなみにどのような内容だったのか、伺ってもよろしいでしょうか？」

「……あの人はいつも、不思議な夢を見ていたそうなんです」

表情を曇らせながらも、母親はぽつりぽつり話す。

「黒い靄《もや》のようなものが母に向かって、笑いながら言うそうです……。『お前は私の大事なものを横取りした。だから、私もお前の大事なものをどれか一つ、奪ってやる』と……」

「実際、何か起こったんですか？」

冬緒の問いに、少年の母親は首を横に振った。

「いいえ……大きな病にかかることもなく、老衰で眠るように息を引き取りました。ただ……」

「ただ？」

「かつて、親しかった『誰か』の記憶だけがすっぽりと抜け落ちていると言っていました。顔も名前も分からない。だけど、その人を大切に思う気持ちだけが取り残されている……

そんな感覚に、若い頃から悩まされていたそうです」

「そうですか……」

小さな声で相槌を打つ冬緒を少年が指差す。

「妖怪はほんとに悪い奴なんだ。だから、あんたも騙されてあんな奴ら泊めちゃ駄目だからな」

「あはは……気を付けるよ」

少年からの忠告に、冬緒は小さな笑い声を漏らしていた。

◆　◆　◆

その日の夕食時、冬緒は複雑そうな表情で語った。

「時町が来る前は、ああいうことはしょっちゅうあったんだよ」

「ああいう……？」

箸を止めて、見初は首を傾げた。

「ほら、うちに泊まるのを嫌がってた子のことだよ。あんな感じで、お化けが出るホテルになんて泊まりたくないって子供がよくいたんだ」

だから永遠子も冬緒も慣れた様子だったのかと見初は納得した。

ネットの書き込みや噂を信じ、宿泊を渋る。そんな客を見初だって何人も見てきた。

中にはチェックインの時に、あの心霊ホテルだと知ってキャンセルを申し出るケースもある。キャンセル料を支払ってでも、泊まりたくないのだろう。

自分はそんな彼らを責める立場にない。見初はそう思っている。

当初は、見初もホテル櫻葉への就職を拒んでいたのだ。

それに人ではない者を客として迎えているのは事実である。なので、デマだと怒ることも出来ない。

「永遠子さんはいつも、仕方ないって笑って言ってたけど、かなり辛かったと思う」

冬緒はそう言って、昆布の佃煮を白米の上に載せた。見初もその真似をして、佃煮と米を一緒に頬張った。

出汁取りで使った昆布で作られているのだが、しょっぱさの中に素材の味がちゃんと存在している。それが米とよく合う。

幸せな気持ちになりつつ、見初は真太郎という少年の言葉を思い出す。

「でも、何で妖怪なんでしょうか？」

「ん？　何がだ？」

見初の疑問に、冬緒は不思議そうに訊ねた。

「真太郎君のおばあちゃんの夢に出て来たのは、黒い靄みたいなものなんですよね？　何でそれを妖怪だって思うのかなって気になったんです。普通、化け物って言いそうなのに」

「……そう言えばそうだな。あの子、どうして自分の祖母に呪いをかけた奴を妖怪だってはっきり言ってたんだ……？」

何か、理由があるのだろうか。

二人で考えながら夕食を食べ進めていると、女子たちが何やら歓喜の悲鳴を上げていることに気付いた。

「見初！　冬緒！　桃山《ももやま》さんがこんなの作ってくれた！」

十塚《とつか》海帆《みほ》が小鉢を両手に持って、見初たちの下に駆け寄る。

「じゃじゃーん！　白玉ゼリー！」

「わあっ、可愛いですね！」

兎の顔の形をした白いミルクゼリーだ。

その周りにも一回り小さな赤いゼリーが飾り付けられている。こちらもミルクゼリーと同じように兎の顔だ。

「牛乳が余っちゃったからゼリーにしたんだって。赤いのは林檎《りんご》ゼリー！　林檎の皮を果汁と一緒に煮込んで色を付けたらしいよ」

従業員の食事なのに凝っている。決して妥協を許さない桃山らしい。

冬緒は目を輝かせながら、ゼリーを見詰めていた。

「可愛い……白玉の可愛さが凝縮されている……！」

「ん？　そういや、その白玉はどこに行ったの？」

いつもなら見初の側で食事をしている白い仔兎の姿が見当たらない。

きょろきょろと周囲を見回す海帆に、見初は哀愁漂う笑みを浮かべた。

「白玉なら現在、私の部屋で爆睡中です……」

「え？　何も食べないで？」

「まあ、色々ありまして……」

「うーん、白玉に一番見せたかったんだけどなぁ」

残念そうに言う海帆に同意するように大きく頷いたのは冬緒だった。

「可愛い白玉と可愛い白玉ゼリー……見たかった組み合わせだったのに……！」

「また桃山さんに作ってもらえばいいんじゃないの？」

「でも、こんなに可愛いと食べづらい……なあ、時町。お前もそう思……」

「んー！　これとってても美味しいですね！」

冬緒と海帆が見たもの。それは満面の笑みで兎の顔をスプーンで切り崩しながら食べる見初の姿だった。

一切の躊躇《ためら》いもなかった。

「あ……あ……」

じっくり味わいながらゼリーを食べる想い人の姿に、冬緒が小さな声を上げる。

「まあ、せっかく作ったんだから可愛い可愛いって愛でるだけじゃなくて、食べなきゃ駄目だからさ……」

海帆が、ショックを受ける冬緒をフォローするように言う。


彼らはまだ知らなかった。

この翌日、ホテル櫻葉で大事件が起こることを。

◆◆◆

「ねえ、せっかく島根《しまね》に来たんだから神社巡りいっぱいしましょうよ」

「それもいいけど、地酒をたくさん買っておきたいな。近所の人へのお土産にもなるだろ」

「お土産が酒って……だったら、出雲《いずも》そばとか善哉《ぜんざい》の方がいいんじゃない？　お子さんがいるおうちもあるんだから」

「それもそうか。なあ、真太郎も学校の友達に何か買っていくだろ？」

父親に声をかけられたが、少年は無言で出雲の街を歩き続けている。先程からずっとこんな調子だ。

真太郎の両親は互いの顔を見合うと、深い溜め息をついた。

「真太郎、いい加減にしなさい。旅行に来て楽しくないの？」

「楽しくない。俺は家で留守番したかった」

「まだホテルのことで拗《す》ねてるのか？　全く意固地だな……」

父親の言葉に反応して、真太郎は「ふんっ」とそっぽを向いた。

「俺は旅行じゃなくて妖怪退治のために来たのに」

「えぇ……？　真太郎、本当にそのつもりで来たの？」

「ばあちゃんをいじめてる妖怪をやっつけるって、学校の皆にも言ったんだ……」

「あら……宣言までしたのね」

真太郎の発言を聞き、母親は乾いた笑いを漏らした。

子供は少しくらいわんぱくな方が可愛げがあると思うが、これはちょっと困りものだ。

「けど、義母さんたちが昔暮らしてた村はもうなくなったんだ。その妖怪とやらもいなくなったと思うけどなぁ」

我が子を諦めさせようと、父親が自分の頬を掻きながらそう言う。

「そ、そうよ！　いくら真太郎が退治したいって思っていても、もういないんじゃ無理ね！」

父親に合わせるように母親も言った。

二人からの言葉に、真太郎は顔を不機嫌そうに歪《ゆが》めて口を開いた。

「……父さんと母さんは、ばあちゃんがずっと辛い思いをしてたの可哀想だって思わないのかよ」

「思うわよ。けど、呪いなんてあるわけないでしょう？　何度も言ったと思うけど、おばあちゃんはね……」

「もういい……妖怪退治はやらない」

渋々といった様子だが、そう言った真太郎に両親は安堵の表情を浮かべた。

これで楽しい出雲旅行が出来る。そう思いながら。

「じゃあ、最初はどこに行こうかしら！」

「まずは酒を……」

「それは最後！」

そう言って盛り上がる両親。真太郎はやや不満げな眼差しで彼らを見詰めていたが――。

「………？」

妙な気配を感じ、そちらへ視線を向ける。

黒い靄のようなモノが、路地裏へと入って行くところだった。

真太郎は息を呑んだ。

あれは絶対に人間なんかじゃない。

祖母の夢に出て来た奴ではないだろうか。

黒い靄の動きが止まり、その中心に人間の唇のようなものが浮かび上がる。

「お前……」

くぐもった声を出しながら唇は怪しく微笑んでいた。

「私のことが見えるのか？」

真太郎は咄嗟《とっさ》に首を横に振った。

あそこにいるのが祖母に呪いをかけた妖怪なのかもしれない。やっつけないと。そう思うのに、恐怖で頭がいっぱいになりそうだった。

「嘘だな。今も私をじーっと見てる。あはは、嬉しいな」

「う、嬉しい……？」

「人間は面白い玩具になる。私は退屈していたんだ。私を楽しませろ」

そう言って、自分へと近付いて来る黒い靄に、真太郎は父親にしがみついて叫んだ。

「父さん母さん！　早くここから逃げなきゃ駄目だ！」

「真太郎？」

「どうしたの、急に……」

「あいつが、妖怪がこっちに来る！」

切羽詰まった様子の息子に両親は呆れたように息を吐いた。

「そんなのどこにもいないじゃないか」

「そんなことを言って……まだ妖怪退治諦めてないの？」

「違う！　本当にいるんだよ！　私を楽しませろって……」

ざあ、と大きな音を立てて風が吹いた。

あまりの勢いにその周囲にいた人間全員が立ち止まり、目を瞑《つむ》って耐える。

「な、何なの、今の風……」

ゆっくりと瞼《まぶた》を開け、母親は困惑気味の声を出した。

が、すぐに異変に気付いて顔色を変えた。

「あ、あなた……真太郎は？」

母親は僅かに震える声で父親に訊ねた。風が吹く直前、彼にしがみついていたはずの息子の姿がないのだ。

それだけではない。父親の顔は紙のように真っ白になっていた。

「あなた！」

自分の呼びかけに応えず呆然としている父親の肩を揺さぶると、彼はゆっくりと口を開いた。

「み、耳」

「耳？」

「耳元で声がしたんだ……『お前たちの子供を借りていくよ』って」

「何言ってるのよ。真太郎と一緒になって私を驚かせようとしても……」

「本当に声がしたんだよ！　しかも、笑ってやがった！」

怯えと怒りが綯《な》い混ぜになった表情で叫ぶ父親に、母親は真太郎が消える間際に言っていたことを思い出す。

——あいつが、妖怪がこっちに来る！

母親は姿の見えない恐怖に体を震わせた。

「まさか、母さんたちの村にいたっていう妖怪が真太郎を……」

そして、脳裏によぎる恐ろしい考えに震えを止めることが出来ずにいた。

◆◆◆

妖怪ってタフな生き物だなぁ、と見初は早朝のことを思い返していた。

昨日、白玉のように夕飯も食べず寝続けていた風来と雷訪は、目覚めすっきりの状態で山へ出かけてしまった。二匹は本日休みなのである。

夜に遊ぶなら、一昨日ではなく昨日の方が良かったのでは。見初はそう思ったのだが、二匹も朝帰りをとても後悔している様子だった。同じ過ちは繰り返さないだろう……と信じたい。

「ぷぅ！　ぷぅぅぅぅ！」

「そして、白玉さんも復活と……」

「ぷぅ！」

白玉も、見初の前でタップダンスを披露する元気ぶりである。

そんな仔兎を見て、冬緒は強い口調で言う。

「俺は白目を剥いて涎を垂らしてた白玉も可愛いと思ったからな！」

「ぷぅ～！」

「椿木さん、ぶれないですねぇ……」

まあ、白玉が喜んでいるのでいいが。

そう思っていると、フロントの電話が鳴り出した。それを永遠子が取る。

「はい。ホテル櫻葉です。……春日様？　如何《いかが》なされたんですか？」

春日。あの少年の姓だ。今日は観光に行く予定だと、予《あらかじ》め説明していた。

何かあったのだろうか。呑気にそう思っていた見初だが、永遠子の発言に絶句することになる。

「真太郎君が誘拐された……？」

「⁉」

見初は思わず冬緒の顔を見たが、彼も驚愕の表情で固まっている。

永遠子は流石と言うべきか、出来るだけ平静を保ちながら通話を続けている。

「いえ、ホテルには何も連絡は来ておりません。はい、何かございましたら、至急ご連絡いたしますので……はい、では失礼します」

通話を終えた永遠子に、見初が青ざめながら訊ねる。

「とっ、とっ、永遠子さんっ！　誘拐って」

「しっ、静かに。他のお客様の耳に入ったら、混乱させちゃうわ」

永遠子に言われ、見初は慌てて口を閉ざした。

代わりに冬緒が聞く。

「観光中に……ってことなのか？」

「そうみたい。でも、何だかおかしいの。電話をかけてきたのはお母様なんだけど、妖怪に攫《さら》われたかもしれないって……」

「妖怪にですか？」

見初は首を傾げた。

真太郎の両親は妖怪だの、化け物だの、そういったモノの存在を信じていないようだった。

なのに、突然そんなことを言い出すなんて……。

「……本当に妖怪に攫われたのかもしれない」

硬い表情で冬緒が言う。

「そうなったらまずいな……警察じゃどうにも出来ないだろうし」

「わ、私、柳村《やなむら》さんに相談してきます！」

もし、冬緒の言うことが当たっているなら何もしないわけにはいかない。見初は血相を変えて、頼れる総支配人の下へ向かった。

◆　◆　◆

その頃、とある山では二匹の獣の歩く姿があった。

「おにぎりの～具は～はぁ～チャンチャン！　紅鮭がぁ～一番美味しいと思ってたぁ～俺にもそんな時代があったのさぁ～」

狸の方が謎の歌を熱唱している。

「けどもぉぉぉ～しじみの佃煮が～今の俺にとっての一番さぁ～！　チャンチャン！」

「風来……何なのですか、その酷い歌は……」

音程も歌詞も滅茶苦茶な歌に狐はドン引きしていた。

「おにぎりの歌！　食堂の人が持たせてくれたおにぎりの具もしじみの佃煮だよ！」

「いえ、私もおにぎりをいただいたので具は知っておりますが……あまりにも下手くそで驚きましたぞ」

「分かってないなぁ～、雷訪。この少しくらい不完全な感じがいいんだよ！」

「少しどころか、何もかも……いえ、もう私は何も言いませんぞ」

風呂敷に包んだおにぎりのせいで、親友がおかしくなってしまった。そう思いながら溜め息をついている時だった。

「助けて……！　助けて‼」

子供の悲鳴がどこからか聞こえてくる。

「今の声は……」

「何だろ？」

風来と雷訪は互いの顔を見合い、首を傾げた。


「く、来るな！　来るってばぁ！」

そう叫びながら真太郎は見知らぬ山を走り続けていた。

その背後からは、あの黒い靄のようなモノが追いかけていた。

「どうしたどうした。もっと速く走ってみせろ。私に追いつかれてしまうよ？」

あれによってここまで連れて来られた真太郎は、黒い靄にこう言われた。

「鬼ごっこをしよう。無事、私から逃げ切ることが出来たら、お前を親の下に帰してやる」と。

だが、黒い靄は楽しげな声で話を続けた。

「ただし、私に捕まったらお前は永遠に私のものだよ」と。

そんなの嫌だ。捕まりたくない。妖怪のものになんてなりたくない。

泣きそうになるのを必死に堪えながら逃げていた真太郎だったが、足元の石に躓《つまず》いて前に倒れ込んでしまう。

「うっ……うぅ……！」

「お前は頑張った。私を楽しませてくれてありがとう」

そう言いながら黒い靄が笑みを浮かべ、倒れている真太郎にゆっくりと近付く。

「ふふっ、お礼に私の玩具にしてあげよう」

「ひっ、嫌だ、父さん……母さん……助けて……」

「んー？　お前、確か妖怪退治に来たって親に言ってたのに。あれは嘘だったたってこと？　嘘つきはよくないなぁ……」

靄の中から毛むくじゃらの手が生えて、真太郎の体を掴もうとした時だった。

「やめろー！」

その声は黒い靄の頭上から聞こえて来た。

「ん……？　なん……うぎゃっ！」

巨大な漬け物石が黒い靄に落下した。あまりの重さに漬け物石ごと地面にめり込む黒い石を見て、真太郎は目を丸くしていた。

そして、石が白い煙に包まれたかと思うと、石が消えて代わりに狸と狐が姿を現した。

「え……」

まさか、あの二匹が石になっていた？　困惑する真太郎へ二匹が駆け寄る。

「大丈夫？　何かこいつに追いかけられてたみたいだったけど……」

「あなた、親はどうしたのです？」

動物が喋っている。しかも、人間みたいに後ろ脚だけで歩いている。

「よ……」

「よ？」

「妖怪、だぁ……」

「わー！　倒れちゃった!?」

助かったと思ったら、また妖怪。

あまりの恐怖に耐え切れず、真太郎は気絶してしまった。

雷訪は黒い靄を怒鳴り付けた。

「あなた！　人間の子供に何をしたのですか！」

「わ、私は……まだ何もして、な……」

「まだ!?　って、こら！　あなたまで気絶したら、この子供がどこから来たのか分からないではありませんか！」

何も言わなくなった黒い靄に雷訪がわたわたと慌てていると、騒ぎに気付いた妖怪たちが集まり始める。

「おやおや、どうしたんだいこの子供は」

頭から小さな角を生やした鬼が、風来と雷訪に訊ねる。

「オイラたちも分かんないんだよ～。この子追われてたみたいなんだけど」

「どうすればよいか分からず、困っていたところですぞ」

二匹が困った表情でそう返していると、木の上から一枚の黒い羽がひらひらと舞い降りた。

皆が見上げた先にいたのは、黒い翼を持ち、顔に仮面を着けた人型の妖怪だった。

その姿を見て風来と雷訪は首を傾げた。この山には何度か通っているが、初めて見る妖怪だったからだ。

山に棲んでいる妖怪たちも、驚いた様子をしている。

「遊葉《ゆうは》様、如何されました？」

「遊葉様ぁ？」

名前も初耳だった。

「この山に何十年間も棲んでいる御方だ。私たち妖怪の中では最も力が強く、怪しげな輩《やから》が来た時は術を使って追い返してくださっている」

「ほお、そんな方がいらっしゃるとは」

感心した口調で雷訪が言うと、鬼は「遊葉様は普段、私たちにも姿を見せてくださることが少ないのだ」と返した。

その遊葉が木から降りて、真太郎の顔を覗き込む。

「……この人の子は」

「あの妖怪に追っかけられてたんだ……ってあれ？　いなくなってる！」

気絶していたはずの黒い靄のような妖怪の姿が消えている。

驚愕する風来の横で、雷訪は悔しがっている。

「くっ、先程の気絶は演技だったというわけですか！　全く小賢《こざか》しい奴です！」

「あなたたち二匹が、この子を助けてくれたのですか？」

遊葉は穏やかな声でそう問いかけた。

「う、うん。だって、私のものにするとか言ってたし……」

「放ってはおけませんでしたぞ」

「そうですか……」

どうしてか安堵した声で相槌を打つと、遊葉は真太郎の体を抱き上げた。

「ひとまず、私の巣で休ませましょう。両親の下に帰そうにも、彼らが今どこにいるのか分からなければ難しい」

遊葉は翼を羽ばたかせ、山の奥へと飛んでいく。風来と雷訪もその後を追う。

その光景を眺めていた一匹の妖怪が、ぽつりと呟く。

「……この山に人間が入るなんて初めてのことじゃないか？」

その言葉を聞き、皆は頷き合った。

しかし、赤い布で両目を覆った妖怪だけは訝《いぶか》しげに首を傾げた。

「だけど、俺らがここに棲む前は、とんでもなく恐ろしい妖怪がいたんだろ。それでそいつは、しょっちゅう人間を攫って……」

「よせよせ、その妖怪は遊葉様がやっつけて追い出したって話じゃないか」

鬼にそう言われ、布で目を隠した妖怪は「まあ、それもそうか」と答えたのだった。

◆◆◆

「……というわけなんです」

見初が事の経緯を全て語り終えると、柳村はいつも通り柔和な笑みを浮かべながら顎《あご》に指を当てた。

「それはそれは。困りましたねぇ」

と言いながら、あまり困っていなそうである。

「真太郎君を連れ去ったのは妖怪ではなく、ただの人間の可能性もあります。誘拐犯が何者なのか分からなければ、動きようがありません」

「は、はい……」

「ただ、真太郎君のおばあ様の話が気になりますね」

「やっぱり、それと関係しているんでしょうか?」

見初の問いに、柳村は首をゆっくりと横に振った。

「それはどうでしょう。現時点ではそれについても何とも言えません」

「……そうですか」

「ですが、昨日永遠子さんからお話を聞いた時、おばあ様のことについて気になったので、少しだけ調べてみました」

「調べたって何をですか?」

「もちろん、真太郎君のご家族……というより、おばあ様の出生についてです」

いい笑顔ですごい発言をした柳村に、見初はぎょっとした。笑って言う台詞《せりふ》ではない。

「そ、そんなのあっさり調べられるものなんですか!?」

「いいえ、あっさりではありませんよ。ツテがありましたのでどうにか」

それでも、調べられるんだ……と、見初は改めて総支配人の頼もしさ兼恐ろしさを実感した。

だが、柳村は困ったように笑ってこう言った。

「それに、記憶を妖怪に奪われた……という話に心当たりがあったのです」

◆　◆　◆

真っ暗で何も見えない中を必死に走る。何かに追われているからだ。

父さん、母さん。何度も叫ぶ。けれど、誰も助けにきてくれない。

「ふふ、馬鹿だなぁお前は」

笑いながら、誰かが耳元で囁《ささや》く。

「妖怪と関わった人間がどうなるのか、知らないなんて」

冷たい手で頬に触れられた。

「うわあぁぁあぁ!!　……あれ？」

叫びながら真太郎は目を開き、困惑気味に周囲を見回した。

木の枝と黒い羽で出来た巣のようなものに寝かせられていたらしい。あの化け物の姿はどこにもない。

そうだ。確か、大きな石が化け物に落ちてきて、大きな石が狸と狐になって……。

「起きましたか」

澄んだ綺麗な声に、後ろを振り向いた真太郎は息を呑んだ。

背中に黒い羽を生やし、仮面を着けた『何か』がいた。

「ひっ」

短く悲鳴を上げた真太郎に、『何か』は一瞬肩を揺らしたが、すぐに何事もなかったかのように話し出す。

「怖がらないで。私は何もするつもりは……」

「で、でも、お前も妖怪なんだろ⁉」

「はい。ですが……」

真太郎は話を最後まで聞かず、立ち上がろうとした。

だが、右足に激痛を感じて座り込んでしまう。

「い……っ！」

見ると右足首に湿布が貼られていた。

「追われている時に転んで捻ったのかもしれないと、それを貼った者たちが言っていました。あまり動かさないほうがいいでしょう」

「……俺を助けてくれたのか？」

「私はあなたをここまで連れてきただけ。悪しき妖怪からあなたを助け、手当てをしたのは外からやって来た妖怪たちです」

「な、何で」

「？」

仮面を着けた妖怪に、真太郎は声を震わせて言った。

「何で妖怪が人を助けるんだよ。お前らは人間をいじめるのが好きなんだろ……？」

「…………」

妖怪はその問いに何も答えようとせず、真太郎を抱き抱えるとそっと巣から下ろした。

それと同時に、見覚えのある狸と狐が何やら言い合いをしながら、こちらへ向かって来ていた。

「んもぉ～！　雷訪がちゃんと見張ってないから、こうなったんじゃないかぁ！」

「それはあなたにも言えるでしょうが、お馬鹿風来！」

「でも、もう心配しなくていいんじゃないかなぁ？　逃げちゃってるかもしんないし……あっ！　あの子供起きてる！」

「むっ、目覚めましたか」

真太郎は、とことこと駆け寄ってくる二匹をただ見詰めていた。

彼らには恐怖を感じなかったからだ。

「湿布どう？　見初姐《ねえ》さ……お世話になってる人間が持たせてくれたんだ」

風来は朗らかな笑顔でそう言った。

「……お前らは人間をいじめたいって思わないのか？」

「え？　思わないけど」

「そんなことをして何になるのです？」

二匹は真太郎の問いに、不思議そうに答えた。

それを聞き、真太郎は迷いながらも更に訊ねた。

「じゃあ、いい妖怪なのか？」

「それはどうでしょうな」

「じゃあ、やっぱりお前らも……」

「オイラたち、こないだ夕飯のおかずつまみ食いしてすんごい怒られたもんね」

いい妖怪かは分からない。けれど、悪い妖怪ではない。そう判断して、真太郎は風来と雷訪に頭を下げた。

「……俺のこと、助けてくれてありがとう」

「当然のことをしたまでです。しかし、何故あなたはあの妖怪に追われていたのです？」

「……父さんと母さんと一緒に街を歩いてたんだ。そしたらあいつを見付けて、じっと見てたら、『私を楽しませろ』って近寄ってきて……」

「その者に気に入られてしまったのですね」

真太郎の説明に、口を開いたのは遊葉だった。

「でも、俺何もしてないぞ」

「その者を見てしまった。それだけで十分」

遊葉の簡潔な言葉に困惑する真太郎に、風来が補足をする。

「君は普通にオイラたちのことが見えてるけど、見えない人たちのほうが多いんだよ」

「う、うん」

「だから、自分たちが見える人間に出会うと、興味を持って、すごく喜ぶ妖怪もいるんだよね」

「喜ぶ……？」

「そういう妖怪は、一匹でいることが多い奴なのです。まあ、風来もあまり人のことは言えませんな！」

「な、何でだよー！　オイラ何かした⁉」

憤慨する風来だったが、雷訪はそんな相方を睨んだ。

「忘れたとは言わせませんぞ！　白陽《しろひ》様に化けて私を驚かせたでしょうが！」

本人は本気で怒っているつもりなのだろうが、見た目のせいで迫力がない。その姿を見ていた真太郎は小さな声で呟いた。

「あの山にいたのも、こいつらみたいな妖怪だったらよかったのに……」

「へ？　何か言った？」

呟きに反応した風来が、真太郎へと視線を向けた。

「……俺のばあちゃん、昔出雲にあった村に住んでたんだけど、近くの山に棲んでる妖怪に呪いをかけられたんだ」

「呪いとは物騒ですな。ですが、何故？」

「多分じいちゃんを助けて、その妖怪を怒らせたせいじゃないかって、ばあちゃんが言ってた」

「ううむ……詳しくお聞かせ願えませんかな？」

雷訪と同じ意見だと風来はこくこくと頷いた。

「もしかしたら、君のおばあちゃんの呪い解く方法見付かるかも！」

「ばあちゃんならもう死んだ」

「あ……ごめん……」

落ち込む風来に、真太郎は優しく笑った。

「いいよ、別に。けど、妖怪がそう言ってくれたの、ばあちゃんが知ったら喜ぶだろうな」

「……オイラは風来ってんだ。こっちの狐は雷訪。君名前何て言うの？」

「俺は真太郎。何か……ちんまりした見た目なのに名前かっこいい」

「ちんまりって言うなー！」

笑いを堪えながら言う真太郎に、風来が両手を上げて怒る。

「黙らっしゃい風来！　……コホン、それで真太郎様のご祖父母についてですが」

雷訪に話しかけられ、真太郎は表情を曇らせつつ語り始める。

「俺のばあちゃんとじいちゃんは昔、出雲にあった村に住んでたんだって」

「出雲にあった？　つまり、廃村になってしまったということですか？」

「うん。人が皆いなくなっちゃったから、村はなくなったって父さんが言ってた」

時代の流れとともに人口が減り、ひっそりと終わりを迎える村は少なくはない。

真太郎の祖父母が暮らしていた村もそんな一つだったのだろう。

「その村の近くには山があって、そこには妖怪が棲んでたんだ。そいつは何度も村の人たちを誘拐して、心を食べてたんだ」

「心を食べてた⁉　何それ怖い！」

「えーと……山から戻って来た人たちは、家族とか友達のことを全部忘れてたんだ。だから、村じゃ、心を食べる恐ろしい妖怪だって言われてたって……」

真太郎の説明に、雷訪は合点がいったように「ああ」と声を漏らした。

「恐らく、その妖怪は記憶を奪っていたのでしょう」

「酷いなぁ。何でそいつ、そんなことしてたんだろ」

「ふむ……大方、暇潰しと言ったところでしょうかな。愚行を働いたとして、村人に罰を下す山神や妖怪もいたと聞きますが、そやつのやり方は何か悪意を感じます」

「言われてみれば嫌な感じがするかも……」

二匹の言葉に、真太郎は目を丸くする。

「……そういうの、分かんのか？」

「うん。オイラたち、そういう奴らに結構会って来たし」

「ですが、我々がかつて棲んでいた場所では、そのようなことをする者はいませんでしたぞ。白陽様というお方が絶対にしてはならないと禁じていたのです」

誇らしげに雷訪はそう言った。その様子を見ながら真太郎は話を再開する。

「それで、じいちゃんも妖怪に攫われたんだけど、いつもだったら次の日には帰してくれるのに、じいちゃんは三日経っても、村に帰ってこなかった。だからばあちゃんは、じいちゃんを探しに山に入ったんだ」

「えっ、それでおじいちゃんを連れ帰れたの？」

「うん。他の村人と一緒に山に入って、じいちゃんを見付けたんだってさ」

「おー！　すごい！　愛の力ってやつだね！」

風来が目を輝かせながら言う。

「けど……ある日突然誰かを忘れてしまったような気持ちになったんだ。しかも、誰なのかは分からなくて……」

「むむむ、誰なのかが分からないですと？」

「うん。だけど、その日から時々変な夢を見てたって言ってた。変な奴がお前の大切なものを奪うっていう夢」

「その大切なものが記憶……ということでしょうか」

「……結局、ばあちゃんは誰のことを忘れたのか思い出せないまま死んだ」

真太郎は握り拳を作った。

「だから、妖怪なんて嫌いだし、皆悪い奴らだから、俺がやっつけてやるって思ってた。……でも、本当に会ったらすごく怖くて……逃げることしか出来なかった」

じわ……と目に涙を浮かべる真太郎に、風来と雷訪はぎょっとした。

「な、泣くほど怖かった⁉」

「あ、あやつにたくさん酷いことをされたのですか⁉」

「そうじゃない……でも、俺、何も出来なかった……」

「お腹空いてるから気分が落ち込んじゃってるんだよ！　ほら、これ食べて！」

風来が風呂敷から取り出したおにぎりを真太郎に差し出す。

真太郎は海苔で巻かれたそれを受け取ると、ゆっくりと食べ始めた。

すると、中には甘じょっぱく味付けされた貝が出てきた。

「あさりだ……！」

「あさりではありませんぞ。しじみというのです」

「しじみ？　初めて食べた……」

「こちらは島根の宍道湖《しんじこ》で採れたしじみ。それを佃煮にしたものでございます」

「お前らがこれ作ったの⁉」

驚愕する真太郎に、首を横に振ったのは風来だった。

「これはオイラたちが働いている所の人間が作ってくれたんだ」

「え？　どこで働いてるんだよ。動物園？」

「むきーっ！　失礼な！　オイラたちは……」

「人の子、深く妖怪に関わるのはおやめなさい」

風来の言葉を遮る形で、遊葉がそう促す。

「妖怪は人に害を加えるもの。本来、こうして言葉を交わすべきではありません」

「でも、こいつらは俺のこと助けてくれたし、おにぎりもくれた！　いい妖怪だ！」

「あなたの祖父は妖怪に攫われ、祖母は記憶を消された。そして、あなた自身も妖怪に追われていたでしょう？」

「………」

真太郎は遊葉の指摘に何も言えなくなってしまった。

それを見かねた風来が口を開く。

「そ、そんな怖がらせちゃ駄目だよ、遊葉様」

「妖怪はあなたたちのような者ばかりではない。それはあなたもよく分かっているはずです」

「あう……」

そして、悲しげな表情で黙り込む。

「……お前だっていい妖怪なんだろ？」

真太郎は遊葉をまっすぐと見据え、小さな声で問いかける。

「何を言うのです。私は――」

そこで遊葉は言葉を止め、真太郎へと駆け寄った。

「逃げなさい、真太郎！　あの者の気配が……！」

地面から生えた黒い手が真太郎の足首を掴む。その光景に、真太郎と二匹の獣は「「ぎゃー！」」と悲鳴を上げた。

直後、地面が大きく盛り上がり、下から黒いものが飛び出す。真太郎を連れ去った妖怪だ。

「あー！　お前こんな所にいたのか！　オイラたちずっと捜してたんだぞ！」

「きっと、再び姿を現すと遊葉様がおっしゃってましたが、まさかこんなに早くやって来るとは！」

「うるさい！　うるさいうるさいうるさい！」

二匹に向かって歯を剥き出しにしながら妖怪が喚《わめ》く。

「これは私のものだ！　私のことを見てくれた！　私に気付いてくれた！　だから私のものだ‼　お前らになんてやらないぞ‼」

真太郎は利己的なその叫びに青ざめた。他人の言葉を聞く様子が全くない。

「真太郎を放せー！」

「行きますぞ、風来！」

風来と雷訪がくっつき合い、巨大な漬け物石に変化する。それで先程のように妖怪を押し潰そうとするが。

「ふん！　もう二度と捕まってたまるか！」

妖怪は真太郎を抱き抱えると、凄まじい速さでどこかへと逃げ去ってしまう。

「あ、あー！」

「早く追いかけなければ！」

元の姿に戻った風来と雷訪も、その後を追いかけようとする。

だが、二匹よりも速く妖怪が消えた方向へ飛んでいく遊葉の姿があった。

◆　◆　◆

「やめろ！　放せ！　放せったら！」

必死に暴れるが、妖怪は真太郎を手放そうとしない。それどころか、叫んで抵抗する真太郎に、楽しそうに笑う。

「あはははは！　放したりするもんか！　お前が死ぬまで、ずーっとお前で遊んでやる‼」

笑いながら言う妖怪の姿に、真太郎は恐怖だけではなく次第に怒りを覚え始める。叫ぶのを止めると、妖怪の腕に思い切り噛み付いた。

「うぎゃっ！　こ、こいつ……！」

「お、お前なんて怖くないぞ！　全然怖くない！」

「この！　人の子のくせに……！　私たちよりも弱いくせに！」

仕返しだとばかりに、妖怪は口を大きく開いた。口の奥からは何かが腐ったような嫌な臭いがする。

真太郎が思わず息を止めた時だ。どこからか飛んで来た無数の黒い羽が妖怪に突き刺さった。

「ぎゃぁぁぁぁ‼」

妖怪の体がその場に倒れ込んだと同時に、真太郎を捕らえていた手の力も緩む。真太郎はその隙に拘束からどうにか抜け出した。

「く、くそぉ……待て、人の子め……」

「いいえ、もうこの子には手出しはさせません」

妖怪へ冷たい声でそう言い放ったのは遊葉だった。黒い翼を羽ばたかせ、妖怪を見下ろしている。

「あなたもずっと孤独だった。だからこそ、自分に気付いた人間に固執したのでしょうね……かつての私のように」

「わ、私と同じなら何故邪魔をする⁉」

「……さあ、もうあの子供のことを求めるのはやめなさい」

そう言いながら遊葉が妖怪の体に触れると、一瞬だけ青い光が妖怪を包み込んだ。

その光景を真太郎が眺めていると、「おーい」という声とともに風来と雷訪がこちらに向かってきた。

「真太郎ー！　大丈夫ー⁉」

「おお！　遊葉様があやつを退治してくださいましたか！　……っておひゃっ」

ほっと安堵の溜め息をつく雷訪だったが、妖怪の体が突然動き出したことに驚いて風来とくっつき合う。

だが、妖怪はきょろきょろと周囲を見回すと、遊葉にこう訊ねた。

「あれ……？　どうして私はここにいるんだ？」

その言葉に真太郎は目を丸くした。風来と雷訪も不思議そうに首を傾げている。

「うーん。さっきまで何かを追っていたと思うんだけど何も思い出せない……何でだろう。まあいいや……」

ぶつぶつと呟きながら、妖怪が去っていく。見えなくなるまで真太郎はその姿を見ていたが、やがて何かに気付いたように遊葉を見た。

「お前……あいつに俺のこと、忘れさせたの？」

「はい。これであの者に狙われることはないでしょう」

「けど、それって……！」

「……真太郎、一つあなたに言い忘れたことがありました。この山には、かつてとある村の人々を攫っては悪戯《いたずら》で記憶を消していた妖怪が今も棲んでいるそうです」

その言葉に真太郎は絶句する。その表情を見た遊葉は一瞬間を置いてから手を伸ばし、真太郎の頭を掴んだ。

「愚かな人間ですね。目の前にいる祖母を長年苦しめてきた者が『いい妖怪』？　そんなわけないでしょうに」

「じゃあ……お前がばあちゃんに呪いをかけた……」

言葉を震わせる真太郎だったが、意識が遠のいていく。

風来と雷訪が自分を呼ぶ声が聞こえるのに返事が出来ない。

彼らともっと話したいことがあったのに。

「今日起きたことは全て忘れなさい」

冷たく突き放すような声に、真太郎はどうにか口を動かす。

しかし、その声は届かなかったのか。目の前が青く光った後に真太郎の意識は完全に途絶えた。

◆　◆　◆

「大丈夫かしら、真太郎君……」

その頃、ホテル櫻葉のフロントでは永遠子が心配そうに溜め息をついていた。

その様子を見た冬緒が見初に話しかける。

「時町、柳村さんは何て言ってたんだ？」

「知り合いの陰陽師に相談してみるってことでした。それと……」

見初は少し迷いながらも言葉を続けた。

「もしかしたら、真太郎君のおばあさんと何か関係が──」

突然フロントの電話が鳴り出し、永遠子がすぐに受話器を取った。

「はい、ホテル櫻葉です。……あ、えっ⁉　真太郎君が見付かった⁉」

永遠子の嬉しそうな声に、見初と冬緒も驚きと喜びで「「えっ！」」と声を出した。

真太郎の両親が警察署に駆け込むと、そこには既に保護された真太郎の姿があったという。

姿を消した場所からずいぶんと離れたところで眠っているのを近隣住民が発見したらしい。右足首を少し捻っただけで、健康状態にも問題ないとのことだった。

だが、真太郎は何も覚えていなかった。自分を攫った人物のことも、どうやって移動したのかも、何一つだ。

春日親子は二日間の観光を中止してチェックアウトまで、ずっとホテルで過ごすことになった。警察署からホテルに戻って来た真太郎の両親の顔が青ざめていたのを、見初はよく覚えている。

食事もルームサービスを利用し、レストランに姿を見せることはなかったらしい。

そして、チェックアウトの朝。

「今回は色々とお世話になりました」

そう言って頭を下げる真太郎の母親は憔悴《しょうすい》している様子だった。父親も表情がどこか暗い。

「いいえ、ご利用ありがとうございました。またのお越しをお待ちしております」

「あ、はい……」

母親はぎこちない笑みを浮かべて再度頭を下げ、ルームキーを返却した。

「あなた、真太郎。行きましょう」

「あ……ああ。ほら、真太郎。お世話になったお礼をするんだ」

父親に促され、真太郎は永遠子に頭を下げた。チェックインの時に見せたような反抗的な態度はすっかり消えていた。本人にその記憶はないとはいえ、誘拐されたことが余程堪えたのだろう。

三人がロビーから去っていく姿はどこか寂しげだ。見初は悲しい気持ちになった。

だが、真太郎が突然こちらを振り返り、冬緒へと走り寄って来た。

「兄ちゃん、妖怪たちと仲がいいんだろ？」

「ん？　ああ、仲がいいよ」

「……だったら、これを渡して欲しい奴らがいるんだ」

真太郎はポケットから折りたたまれた二枚のメモを取り出し、それを冬緒に渡した。その表情は硬く、けれど優しくもあった。

冬緒は安心させるように笑顔で頷いた。

「分かった。ちゃんと渡してやる。約束だ」

「うん。……あのさ」

「何だ？」

「初めて会った時、酷いことを言ってごめんなさい……」

その言葉に冬緒ははにかむと、真太郎の髪がくしゃくしゃになるまで頭を撫でた。

「何だか真太郎君変わりましたねぇ……」

三人がホテルを出た後、しみじみした口調で見初が言った。

「もしかしたら攫われてる時に何かあったのかも……って椿木さん？」

見初の隣で冬緒が気まずそうにメモを見詰めている。

「受け取ってしまった……誰宛てなのかも分からないのに……」

「ファッ⁉　そこ考えてなかったんですか！」

「いや、あそこは断れないだろ……」

半笑いを浮かべて遠い目をする冬緒に、見初も困ったように笑う。

少年の望みを叶えるためとはいえ、ノープランでメモを受け取ってしまったことを今更後悔しても遅い。ここは何が何でも受取人を見付けて渡さなければならない。

「うーん、中身見れば何か手がかりがあるかもしれませんよ」

「あ、ああ」

見初に促されて冬緒が一枚目のメモを開いていく。そして、中身を確認したのだが。

「……………」

「…………」

気まずそうに視線を床に下ろす二人に、永遠子が不安げに声をかける。

「ど、どうしたの二人とも？」

「そ、それがですね……」

見初はぎこちなく笑いながらメモを永遠子に渡した。

そこにはおにぎりのようなものを持った狸と狐の絵の下に、『おにぎりおいしかった！

ありがとう』とメッセージがあった。

「あら、これって……」

「この間抜け面、どう考えてもうちの獣たちだよな……」

「こ、これは置いといて、もう一枚を見てみましょう！」

ざわ……という雰囲気を掻き消すように、見初が明るい声で言う。

それに頷き、冬緒は二枚目も開き始める。

「……え？」

そして、そこに書かれていた言葉に目を見張った。

◆　◆　◆

「遊葉様ですよね。風来と雷訪に聞いてここまでやって来ました！」

「ぷぅ！」

そう言いながら笑みを見せる見初……と、元気に鳴く白玉に遊葉は何も言わず固まっていた。

だが、やがて呆れた口調で言う。

「あの二匹には、私のことを黙っているように口止めをしていたのですが……」

「風来と雷訪のことは責めないでください。その、私が無理矢理聞き出したんです」

「……もしや、あなたが『見初』ですか？」

「え？　そうですけど……」

遊葉は首を傾げる見初を見て小さな笑い声を漏らした。

「山に棲む妖怪たちが言っておりました。あの二匹がよくあなたの名前を出していると」

「はぁ……」

「それで、今日は何しに訪れたのでしょう。人間がこんな山奥に……」

「真太郎君から手紙を預かったんです」

見初がメモを差し出す。

だが、遊葉はそれを受け取ろうとしない。

「あの子供と私のことを知っているということは、私が何をしたのかも分かっているのでは？」

「……はい」

見初は柳村から聞いていた。

真太郎の祖父母がかつて暮らしていた村の近くには、妖怪が棲む山があること。

その妖怪は悪戯好きで村人を攫っては、彼らの記憶を奪う悪さをしていたこと。

真太郎の祖母もその被害を受け、逃げるように村から去ったこと。

どういうわけか彼女を最後に、被害はぱったりと途絶えたこと。

そしてその妖怪は、今は山やそこで暮らす他の妖怪たちを守っていることを。

「あなたは私が怖くないのですか？　その気になれば、今すぐにでも私はあなたの中から大切な心を奪ってしまうことが出来る」

「大丈夫です。私は真太郎君を助けてくれた遊葉様を信じますから」

「……馬鹿」

「えっ」

突然馬鹿と呼ばれ、見初は若干傷付いた。だが、遊葉からは素っ気ない雰囲気が消えていた。

「だから、人間は馬鹿なんだ。お人好しで何も考えない」

これが遊葉の本来の口調なのだろう。

「あ、あはは……」

「……あの子もそうだった」

遊葉の声はどこか懐かしむようなものだった。

「私好みの男を連れ去った時、大勢の村人が私を退治しようと山に入って、けれど臆病な奴らばかりだったからすぐに逃げ出した。でも、あの子だけはたった一人で山の奥まで進んで——私に声をかけた」

「……その人は妖怪が見えたんですね」

「ああ。妖怪を、私を見ることが出来て、私に声をかけてくれる人間なんて初めてだった。向こうは私を妖怪退治にやって来た陰陽師だと勘違いしていた。それでも初めて人間とまともに話せたことが嬉しくて、私は男を眠らせている場所までさりげなく連れていった」

弾むような遊葉の声。その時の出来事はよほど遊葉を喜ばせたのだろう。見初はそう思いながら、話を聞いていた。

「私がいつも山で遊んでいると話すと、あの子はよく山に来るようになった。それでたくさん色んな話をした。私が仮面を着けているのは、妖怪から身を守るための魔除けだって嘘をあっさり信じていたよ。こんな怪しい奴なんかと友達になりたいなんてことも言ってた」

自らの顔に指を差して遊葉が軽く笑う。

「少し抜けていて、明るくて優しい子だったから、村でも皆から好かれているようだった。こっそり村に様子を見に行くと、あの子はいつも誰かと話していて、楽しそうに笑っていた。――そんなの、見なければよかったんだ」

遊葉は手を強く握った。

「悔しい。憎い。そう思ってしまった」

「それは……その人と仲がいい村人に嫉妬したんですか？」

遊葉は見初の問いに首を横に振った。

「私が妬《ねた》んだのは、あの子に対してだった」

「え……」

「私はずっと山で一人ぼっちなのに、彼女は皆から愛されてる。そのことにどうしようもなく腹が立った。だから、困らせてやろうと考えた。いつも通り山にやって来たあの子に、自分が妖怪だと明かしてこう言ったんだ。『お前は私の大切なものを横取りした。だから、私もお前の大事なものをどれか一つ、奪ってやる』と」

真太郎の祖母がよく見ていた夢はこのことだったのだ。見初はそう確信した。

「彼女の心にある誰かの記憶を一人分だけ消した。誰にするかは決めてなかった。誰でもよかった。それで、誰のことを忘れたのかも分からないまま、一生苦しめばいいと思った。そしたら、あの子は辺りをきょろきょろ見回した後に、不思議そうな顔で言ったんだ。『私、何でこんなところに一人でいるんだろう？』って」

「……………」

見初は息を呑んだ。

まさか、消された記憶というのは……。

「私に関する記憶を失っただけじゃない。私の姿が見えなくなっていた」

「そんな……記憶を元に戻すことは出来なかったんですか？」

「見初、一度粉々に壊してしまったものは二度と元に戻らないんだよ」

その言葉が見初の問いへの答えだった。

悲愴感で顔を歪める見初に、遊葉は穏やかな声音で続ける。

「馬鹿みたいだろ。私にとって大切な誰かは一人しかいなかったのに、その人を私は自分の手で失ったんだよ。多分、天罰が下ったのかな……」

遊葉は仮面の下でどのような表情をしているのだろう。見初は、俯《うつむ》きながら言葉を紡ぎ続ける遊葉をじっと見詰めていた。

柳村から話を聞いた時、遊葉のやったことは許されないと感じた。寂しさを紛らわすための悪戯だとしても限度を超えている。

その悪戯の代償はあまりにも大きかったのだ。それは本人の言う通り、天罰だったのかもしれない。

真太郎の祖母と同じように遊葉も苦しんでいたのだ。そして、それを受け入れている。

「……遊葉様、真太郎君の言葉を受け取ってください」

だからこそ、あの少年の思いが伝わって欲しいと思う。

見初が再びメモを差し出すと、遊葉は少し間を置いてから受け取った。丁寧に折りたたまれたそれを開く。

「これは……」

遊葉の声に動揺の色が混じる。

『また、おまえにあってたくさんはなしをききたい。ありがとう』

「風来と雷訪が言っていました。遊葉様は真太郎君から妖怪に関する記憶を消そうとしていたって。でも……消さなかったんですね」

「……消せなかったんだ。『忘れたくない』って言うから……あんなに怖い思いをしたのに。妖怪のことなんて忘れたほうがいいはずなのに」

「怖いだけじゃなかったんだと思いますよ」

見初は優しい声で遊葉に言った。

真太郎は遊葉をどう思っているのか。それは見初も分からない。

ただ、『祖母に呪いをかけた悪い妖怪』ではなく、遊葉という一人の妖怪と会いたいと望んでいるのかもしれない。

「……あの、人の子はまたこの山に来るのかな」

「きっと来てくれます」

そう答えると、遊葉はメモを見詰めたまま、肩を震わせた。

「私が真太郎の記憶を消そうとしたのは……怖かったせいもあるんだ。このまま覚えていたら、この先ずっと恨まれ続けるんだろうなって」

「……はい」

「本当はごめんなさいって言わなくちゃいけなかったのに……自分の罪から逃げようとしたんだ……」

遊葉は嗚咽《おえつ》を漏らしながら、その場に座り込んだ。見初も優しく微笑みながら遊葉の側にしゃがみ込む。

遊葉もいつか己の過ちと向き合い、自分のことを許せる時が来るのかもしれない。

その時が訪れるのを願いながら、見初は小刻みに震える遊葉の肩を撫でた。

番外編１　小さな薬師

　ふんふんふーんと軽快な鼻歌が聞こえて来たのは、風来《ふうらい》と雷訪《らいほう》の獣コンビが裏山を散歩している時だった。

　様子を見に行ってみると、そこには元山神の少女が地面に両手をついていた。

　すると地面が一瞬だけ光り、にょきにょきと草が生え始める。それを毟《むし》り、側に置いてあるすり鉢に入れているようだった。

「柚《ゆ》っちゃん何してんの？」

「あっ、風来ちゃん、雷訪ちゃん。ちょうどお薬を作っていたところなんです」

　楽しそうにそう答える柚枝《ゆえ》に獣たちは首を傾げた。

「薬？」

「はい。妖怪と神様用のお薬があったら便利だねって見初《みそめ》様が言っていましたから。だから、お昼休みとかお仕事が終わったあとにこうして調合をしていました！」

「柚っちゃんはえらいなぁ……」

「私たちなど、休憩になるとただ遊んでいるだけだというのに、柚枝様はこのように妖怪たちの役に立とうとしている……」

何だか柚枝が眩しく見える。それに比べて自分たちときたら。

自己嫌悪に陥り、元気を失くした二匹に柚枝は慌てて「わ、私が好きでやっていることですから」と言った。

「あの、よかったら風来ちゃんと雷訪ちゃんも手伝ってくれますか？」

「え？　手伝っていいの？」

「はい！　よろしくお願いします」

「風来、くれぐれも柚枝様の足を引っ張らないようにするのですぞ」

「むかーっ！　雷訪だって気を付けるんだぞ！」

すっかり元気を取り戻した二匹がわちゃわちゃと騒ぎ出す。柚枝はそんな彼らを微笑ましく眺めていた。

「それでは、この鉢に入っている草に水を加えながら、すり潰してもらってもいいですか？」

「うん！」

「頑張りますぞー！」

こうして風来と雷訪は、小さな薬師の手伝いをすることになった。

その数時間後、寮では号泣する柚枝の姿があった。

「ひっく、ひっく……ごめんなさい！　ごめんなさい！」

「お、落ち着いて柚枝様……」

「うわぁぁぁん‼」

見初が何とか泣き止ませようとするが、これである。豪快な泣きっぷりを見せている。その間、他の従業員たちは白目を剥いたままぴくりとも動かない二匹の名前を必死に呼んでいた。

「しっかりしろ風来！　雷訪！」

「みゃ、脈は止まってないわ！　助かるかもしれない……！」

「気付け薬代わりにテキーラ飲ませてみる？」

「うむ、小娘にしては良い考えだな。試してみる価値はありそうだ」

「駄目だよ馬鹿‼」

冬緒《ふゆお》は半泣きになり、永遠子《とわこ》が二匹の心音をチェックし、天樹《あまき》が海帆《みほ》と火々知《かがち》を叱っている。もう大惨事である。

「なるほど、柚枝様は風邪薬を作っていたつもりが強力な麻酔薬を作ってしまっていたのですか。困りましたねぇ……」

「風来と雷訪、途中でその辺に生えている草を混ぜてたみたいで……」

「おやおや。何らかの化学変化を起こしてしまいましたか」

見初の説明を聞いた柳村《やなむら》も、これには苦笑いである。

風来と雷訪は翌日、意識を取り戻したものの、当分裏山への散歩が出来なくなってしまった。

「裏山……草がたくさん……怖い怖い……」

「また三途《さんず》の川を見るのはもう嫌ですぞ……」

「だ、大丈夫だよ！　草を拾い食いしなきゃ大丈夫だよ！　だから外の世界を怖がらないで！」

見初は何とか二匹を元気づけようとしたが、効果はあまりなかったという。

第三話　銀杏と少女と狼と

ひらひらと、舞い散る山吹色。

春に咲く桜のような可憐さはないけれど、夏に生い茂る青葉のような爽やかさはないけれど、どこか温かみを感じて優しい色。

独特な銀杏《いちょう》の実の香り。それは金木犀《きんもくせい》の甘い香りに比べ、あまり好まないと言う者も多いが、自分にとってはずいぶんと慣れ親しんだ匂いだった。

「私は毎年、この光景を見て、この香りを嗅いでようやく『ああ、夏が終わったのだなあ』と思うのです」

そう告げると、木の枝の上で『彼女』はまるで幼い子供のように無邪気に微笑む。

「ありがとう。私もね、毎年あなたがここに来てくれるのを楽しみにしているの」

「それは……ありがたいお言葉でございます」

「ねえ、今年もたくさんお話を聞かせて。ずっと待っていたの！」

ぴょんと飛び降りてこちらに寄って来る『彼女』に笑みが零《こぼ》れる。

何百回と繰り返したこの瞬間を待ち望んでいたのはこちらも同じだった。

「さあ、今年は何のお話からにしましょうか？」

「うーんとね……あ！　今年も桜は咲いたの？」

「はい。勿論でございます。春になると、どこを歩いていても桜をよく見かけました」

「じゃあ、蛍はいた？」

「蛍は……そうですね。やはり少しずつ数が減っているようです。ですが、森の奥に行くと今でも多くの蛍を見かけることが出来ました」

そうやって、この一年自分が見てきたものを一つ一つ『彼女』に伝える。

それが自分に与えられた役目だ。嫌だと思ったことはない。むしろ誇らしいと思う。

「そうそう。去年は雪があまり降らなかった地域があったようで、雪合戦が出来なかったと不満を漏らす妖怪たちもおりました」

「そっか。今年はたくさん降るといいね」

「ですが、雪が降りすぎると人間たちの暮らしが不便になると聞きます。楽しいことばかりではないのですよ。あなたも、この木が雪で埋まってしまったら大変でしょう？」

「それは駄目！　寒いもの……」

嫌そうに首を横に振る『彼女』に、「何事も程々がよいのです」と言いながら目の前の木を見上げる。

山吹色に染まった銀杏の葉が軽やかに舞っていた。

◆◆◆

『本日の出雲《いずも》の最高気温は31度です。平年に比べて大きく上回り……』

皆、朝食を食べながらテレビに視線が釘付けになっている。

「……今年の秋、来んの？　これ」

死んだ目で海帆《みほ》が呟く。その隣では天樹《あまき》が溜め息をついていた。

「山の皆暑くないかな……」

柚枝《ゆえ》は山に棲む仲間たちを案じている。

「困ったわね。十月にもなって熱中症に気をつけなくちゃいけないなんて」

永遠子《とわこ》が困った表情で、ぱたぱたと手うちわで顔に風を送った。

皆、ここのところずっと続いている真夏日に参っていた。これが八月であればまだ分かるのだが、現在は十月中旬である。

納豆を掻き回しながら、見初《みそめ》は溜め息混じりに言う。

「これも地球温暖化のせいなんですかねぇ……」

「ぷぅ……」

白玉《しらたま》も人参をポリポリ齧《かじ》りつつ一鳴きする。

当初は暑いとアイスが美味しく食べられると、ポジティブに考えていた見初だったが、そろそろ辛くなり始めてきた。

「私にとって、秋はお饅頭とかスイートポテトの季節なんですよね……」

「そう言ってるけど、お前昨日の夜、かき氷食べてなかったか？」

若干引き気味で冬緒《ふゆお》が訊ねる。彼は昨夜、食堂でかき氷器をガリガリ……ガリガリ……と使っている見初を目撃したのである。

「そ、それはですね。イチゴシロップがほんのちょっと残っていたので、それを消費しようとしたんですよ。だから、あんまり食べてません！」

「いや、俺は見てるからな！『甘さが足りないな……』って言いながら練乳までかけてたの！」

「くっ……何も言い返せない……」

見初は冬緒に反論することが出来なかった。

「ただ、お前がかき氷から卒業出来ない気持ちは分かるんだよな。ずっとこの暑さだとなぁ……」

「そうなんですよねぇ」

二人仲良く納豆を混ぜながら、同じタイミングで溜め息をつく。

この時季であっても高温の地域はあるが、出雲は十月になると比較的涼しくなる。平均最高気温は20度前後。夜に窓を開け、半袖で山盛りのかき氷を食べるような季節ではない。

冬緒は欠伸《あくび》をしつつ、昨晩我が身に起こった出来事を話し始める。

「昨日、夜中に目を覚ましたらバリカン持った風来《ふうらい》と雷訪《らいほう》が枕元に立ってたんだ……心臓止まるかと思った。それで二匹とも死にそうな声で言うんだよ……『サマーカットお願いします』って……」

「ヒェッ……」

想像した見初は引き攣《つ》った悲鳴を上げた。

全身をもふもふの毛で覆われた彼らにとって待望の秋のはずなのに、全然涼しくならない。下手をすると生死に関わる事態である。

「ぷぅ～……」

「白玉みたいに涼しくなれる術が使えれば、風来と雷訪も一年中ふわふわもこもこで生きていけるんだけどね……」

あの二匹は変化の術には長けているが、それ以外はてんで駄目らしい。

「……ただ、出雲だけなんだよな」

「え?」

「この異常気象だよ。松江《まつえ》市とか安来《やすぎ》市はこういうことになってないってネットニュースで見たぞ」

見初はそれを聞いて眉根を寄せた。

「うーん、県庁所在地パワーとドジョウパワーで守られている……？」

「県庁所在地はともかく、ドジョウパワーって何⁉　……まあ、だから出雲市だけが何か起こってるんじゃないかって、県で調査することになってるそうだな」

「何か分かればいいですけど……」

しかし、原因が分かったからと言って、問題を解決出来るとは思えない。

人間に天候なんて操れるわけがないのだ。少なくとも、現在の技術では。

ただ地球温暖化は人間が大地や空気を汚してしまったからだという説がある。

自業自得なのかもしれないと考えながら、見初はひたすら掻き回し続ける。

「だけど、人間のせいだったら動物や妖怪たちは大迷惑だよねぇ……」

見初は哀愁を込めた声でそう呟く。

「………」

そして、その姿をじっと見詰めるのは火々知《かがち》だった。

◆　◆　◆

一度体重計に乗れば、そこには悪夢が待っている。

「なーんてこったい」

「ぷぁ」

体重計の数値を見て見初は白目を剥き、白玉は呆れを込めた鳴き声を漏らした。ぎし。体重計から下りる時の音がやけに大きく聞こえる。ああ、贅肉の重み。

「ち、違うんですよ、白玉さん。私はお饅頭もスイートポテトも食べてないんですよ。私はここのところ、かき氷しか食べてないので……」

「ぷぅ……」

「ぷぅ」

白玉の冷たい視線が突き刺さる。

「……す、すみません。練乳小豆抹茶を楽しんでしまいました。すっごく甘くて美味しかったです」

というわけで、非番である見初の本日のスケジュールに『ダイエット』が強制的に追加された。

軽装にスニーカーを履き、外に出ようとした時だった。「あ、見初じゃん」と声をかけられた。

見初と同じような格好をした海帆である。

「海帆さん、どこに行くんですか？」

「ちょっとその辺を走って来ようかなってさ。最近ちょっと肉付いてきちゃったんだよ」

仲間だった。見初は共に走る同志との出会いに目を輝かせた。

「走りましょう海帆さん。どこまでも遠くへ」

「ちょっとその辺って言ってるじゃんか」

海帆は謎の熱意に溢れている見初に若干引いた。

今回、二人は見初がよく通るコースを走ることとなった。

「えっ、見初いつもここ走ってんの⁉」

序盤から急勾配な上り坂と直面し、海帆はぎょっとした。

「はい！　肉削ぎ坂って呼んでるんですけど」

「しかも物騒な名前すぎるって」

「肉に対する殺意と怒りを込めました」

見初は大真面目な顔をして名前の由来を説明した。

「でも、無茶な運動をするダイエットはあんまり体にはよくないよ。冬緒だって心配するんじゃない？」

「そ、そうですかね……」

確かに日記にも以前、『ダイエットを頑張るのはいいけど、無理はしないで欲しい』等の文章が長々と綴られていたような。

まだ秋の味覚を堪能していないうちから体重が増えた焦りで、すっかり忘れていた。

「……椿木《つばき》さんを悲しませるのは駄目ですね」

「そうそう。好きな子が辛い思いして痩せようとしてるなんて、冬緒みたいな奴は絶対辛いと思うからさ。私が走るところにしよう！」

「はい！　よろしくお願いします！」

さりげなく『好きな子』発言をスルーして見初が元気よく返事をする。

「よ、よーし！　それじゃあ、マチュピチュロードにしゅっぱーつ！」

「えっ、私どこに連れて行かれるんですか⁉」

海帆のエキセントリックなネーミングセンスがここでも爆発している。見初が一抹の不安を覚えた時だった。

「あ」と声を出して海帆が動きを止めた。

「ど、どうしたんですか、海帆さん」

「見初。あれ……」

海帆が指を差した先には、自転車に乗って移動する男の姿があった。

麦わら帽子を被り、サングラスをかけ、黒いランニングシャツと青い短パンでペダルを漕ぐその姿は、近所のおじちゃんである。

しかし、その男は誰かに似ていた。

まるで某ソムリエのような……。

「あれ、うちのおっさんじゃん」

海帆が断言する。似ているどころか、火々知ご本人であった。

「おっさん、暑さで頭が駄目になったのかな」

彼と犬猿の仲である海帆も流石に案じている。

「でも、火々知さんって妖怪マラソン大会に参加してましたよ。本人も暑さにはある程度耐性があるって言ってましたし」

「じゃあ、何であんなことになっちゃってんの」

「さあ……？」

普段のスーツ姿とは程遠い田舎スタイル。気になるが、あまり触れてはいけないような気がする。

見初の心の中の冬緒も「やめとけ」と言っている。

「……海帆さん、今のは見なかったことにしま」

「よし、後をつけてみよう」

「えっ」

見初は耳を疑った。

「だって、気になるじゃん。ほら、自転車もそんなに速く走ってないし、今ならまだ追いかけられるよ」

「あ、待ってくださいよ海帆さーん！」

マチュピチュロードでのランニングから、妖怪ソムリエおじさんの尾行に予定変更である。

◆　◆　◆

のんびり運転していた火々知が自転車から降りたのは、人気のない公園の前だった。籠にいれていた風呂敷包みを手に持ち、公園に入っていく姿にますます謎は深まるばかりである。

「え、え……火々知さん？」

「こんな真っ昼間からベンチに座って、ワイン飲む気じゃ……」

「でも、自転車はお酒を飲んだら乗っちゃ駄目じゃないですか。火々知さんがそういうのを破るなんて絶対有り得ないだろうし……」

火々知が足を止めたのは、公園の中心だった。見初と海帆が固唾《かたず》を呑んで見守っていると、彼の体は何と地面に沈み始めた。

「か、火々知さーん⁉」

「沈んでる！　おっさん沈んでる！」

驚いた二人も慌てて公園へと入り、腰の辺りまで地面に飲み込まれている火々知へ駆け寄った。

火々知はぎょっとした顔で彼女たちを見上げた。

「なっ⁉　お前たち何故ここに……⁉」

「それより火々知さんが大変なことになってます！」

急いで引き上げなければと見初が手を伸ばそうとする。

しかし、火々知が「早くここから離れろ！」と叫ぶほうが先だった。

「お前たちまで『下』に行くことになるぞ！」

「下？　おっさん、何の話をし……うわわっ！」

見初と海帆の体まで下に沈み始める。

沼に呑み込まれていくような感覚に、見初は「ぎゃっ」と悲鳴を上げた。

「ええい、騒ぐな！　まったく……こうなったら仕方ないからお前たちも来い。ただし、このことは他言してはならぬぞ」

火々知の言葉の意味を聞く前に、三人は地面の中に完全に沈んでいった。

息が出来ない。死んでしまうかもしれない。……のはずが普通に呼吸が出来ている。

あれ？　と見初が恐る恐る目を開くと、そこは薄暗い空洞だった。海帆も隣で呆然としている。

「ここ、どこなんでしょうか……地底人の棲《す》み処《か》だったりします……？」

「地底ではなく、ここの主が作り出した領域のようなものだ。公園の下にこのような広い空間があるわけがないだろう」

ふん、と鼻を鳴らして火々知が言う。

「おっさんのくせに偉そうに……」

海帆は忌々《いまいま》しそうな表情で火々知を睨み付けた。

「元はと言えば、お前たちが悪い！　吾輩は離れろと言ったではないか！」

「す、すみません……」

「大体、何故お前たちまであの公園にいたのだ。吾輩は誰にも行き先は伝えていなかったはずだというのに」

「すみません、火々知さんが心配で海帆さんと一緒に後をつけて来てしまったんです！」

ここは素直に白状しよう。そう思って理由を話した見初に、火々知は不思議そうな顔をした。

「心配？　吾輩がそこらの妖怪に襲われるとでも思ったのか？」

「い、いえ、何と言いますか……」

暑さで頭がやられたと思ったんです、とまでは言えない。見初が言い淀んでいると、海帆が口を開いた。

「おっさんがそんな格好でチャリ乗ってたら、誰だって心配するって」

「うむ。先日、テレビで老人がこのような姿で散歩していたのを見て、吾輩も真似をしてみた。暑さを凌《しの》げて中々よいな」

「うーん、火々知さんってあまりファッションにこだわらない人だったんですねぇ」

ただ、彼の大嫌いな冬も完全武装で寒さから身を守っているところを見ると、見た目よりも機能性を重視する考えなのかもしれない。

「それで？　ここはどこなのさ？」

「あれを見ろ」

そう言って火々知が視線を向けた先には鳥居が聳《そび》え立っていた。ということは……。

「……神社ですか？」

「ああ。だが、普通の神社ではない」

「それは分かりますけど……」

「この神社を訪れることが出来るのは、主がここの『入口』を開けた時のみ。お前たちはちょうどそれが開いている時に現れたのだ」

まだ怒りが残っているのか、火々知はやや刺《とげ》のある口調で言った。

「この地は本来、人間が足を踏み入れていい場所ではないのだ。先程も言ったが、絶対にこのことは誰にも言うな」

「んー、兄貴とか永遠子さんにも？」

「ならん。ここの存在が知られること自体が危険なのだからな」

硬い声で答える火々知に、見初は事の重大さを知って青ざめる。海帆は「よし、分かった！」と元気よく返事をした。

「貸し一つだからな、おっさん」

「ぐっ、生意気な小娘め……だが、せっかくここまで来たのだ。特別にこの神社の主に会わせてやろう」

「えっ！　マジで？」

火々知の提案に海帆が目を輝かせる。だが、見初は戸惑いの表情を浮かべた。

「か、火々知さんの権限で決められるものなんですか？」

「吾輩の友人のようなものでな」

「おっさんの友達って……飲み仲間？」

「いや、以前ワインを飲ませたら『苦くて変な味がする』と言われてしまった」

その時のことを思い返しているのか、火々知はがっかりした声でそう零しながら鳥居の先へ進んでいく。見初と海帆もその後をついていく。

周囲には淡い緑色の発光体が飛び回っている。その光景は夏の夜を彷彿《ほうふつ》させるものだった。

「蛍の光みたいですね……」

「今は『夏』の気分なのだろう」

「どういうことですか？」

「それは……む、ちょうどいい。『冬』になったぞ」

あちこちを飛び回っていた緑色の光が消え、代わりに上のほうから白い光が音もなくゆっくりと落ち始めた。見初の掌に落ちたそれは、ゆっくりと消えていく。

まるで雪のようだ。

「『春』になれば桜の花弁を模した光が舞い散る。吾輩は冬が一番風情があって好きなのだが」

「おっさん、これってどういうこと？」

「光の正体は主の霊力だ。……実際に見たことのない景色を、話を聞いただけでここまで再現出来るとは大したものだ」

火々知は立ち止まると、眼前の『それ』を見上げた。

光の雪が降る中、一本の銀杏の木が佇んでいる。枝を覆い尽くす葉は山吹色に染まっており、微かに銀杏の実の匂いがする。

「この神社の主である『抄伊《すい》』の本体だ」

「銀杏の木が……ですか？」

「そもそも、何でこんなところに神社があるのさ」

見初と海帆は首を傾げた。しんしんと降り注ぐ白い雪と鮮やかに色付いた銀杏の葉。不思議な組み合わせである。

「抄伊は体が弱くてな。外の世界の空気に触れると、体が崩れ落ちてしまうらしい。それ故にこの神域で秋を『呼び寄せる』役目を担っている」

木を見上げながら火々知が言う。海帆は彼の説明に数回瞬きをした。

「秋を？　呼び寄せる？」

「……お前たちに分かりやすく説明するならば、季節を夏から秋へと切り替えるのだ」

「おっさん、もっとわけ分かんなくなってきた」

「ええい、小娘には説明しても無駄だ！　時町《ときまち》、お前ならば理解出来るだろう？」

火々知に視線を向けられ、見初はこくこくと頷いてこう言った。

「すみません、よく分かんないです……」

「……そうか。それは仕方ない」

「おっさん！　何か私の時と反応違うんだけど⁉」

「お前は何か言い方が腹立つのだ！」

御神木の前でソムリエおじさんとバーテンダーお姉さんが口論を始めた。罰当たりである。

自分しか止める人がいない。見初は急いで仲裁に入った。

「お、落ち着いてください！　神社で喧嘩は駄目ですよ！　神様が見て……あ」

木の陰から誰かがこちらを覗いている。銀杏の葉と同じ髪色をした少女のように見えるが。見た目の年齢は十五、六歳ほどか。

火々知と海帆も少女に気付いて口喧嘩を中断する。

「おっさん、あの子が抄伊って神様？」

「ああ。……案ずるな、抄伊。この者たちは――」

ぽろ、と少女の瞳から一筋の涙が零れ落ちると、火々知の言葉が止まった。

凍り付く火々知を余所《よそ》に、少女はとめどなく涙を流し続ける。その姿に見初が焦燥感を滲ませながら火々知に詰め寄った。

「もしかして怯えられてます⁉　私たち連れて来ちゃ駄目だったんじゃないですか⁉」

「お前たちのような人間に、抄伊が怯えるとは思えんのだが……」

「じゃあ、おっさんにビビってんじゃないの？　友達って思ってるのはおっさんだけなんじゃ……」

海帆が呆れ半分心配半分で訊ねる。声には出さないが、これには見初も同意見だ。

火々知が酒関係以外で友人を持つとは思えないのだ。しかも、こんな少女のような姿をした神と。

すると異様な緊張の中、少女が唇を震わせながら声を発した。

「火々知おじさま……」

　火々知おじさま!?　その呼び名に見初と海帆に衝撃が走る。

「どうした、抄伊？　吾輩よりも長く生きているお前がめそめそ泣いているとは……」

　しかも、向こうのほうが年上。

　火々知が戸惑いを見せつつ声をかけると、少女は木の陰から飛び出した。

　そして、火々知に抱きついた。

「うわあぁぁあん……！」

　声を張り上げて泣く姿はまるで幼子だ。火々知も狼狽《うろた》えている。

「こ、こら、離れぬか。吾輩の服が涙で濡れてしまうではないか！」

「だ、だって私ずっと不安で、怖くて……火々知おじさまの顔見て安心したら涙が止まらないの……！」

　弱々しい声の抄伊に、異変を感じ取った火々知の目付きが鋭くなる。

「いつまでも終わらぬ夏に妙な胸騒ぎがしたので来てみれば、やはり何かが起こっていたか。銀《ぎん》はどうした？」

　抄伊は火々知の問いに答えず、ただ首を横に振った。いや、それが答えのようなものだった。

「銀がまだ来ていないとは……どういうことだ」

「火々知さん、銀っていうのは……？」

「抄伊の部下だ。神域から出ることの出来ない抄伊のために各地を巡り、外の情報を伝える役目を持つ。毎年この時季になると、抄伊の下に戻っているはずなのだが……」

泣きじゃくる抄伊を見下ろして火々知が溜め息をつく。

「抄伊、泣いてばかりいないで何があったか説明せんか。銀は何故いない？」

「わ、分からないの……遠くから銀の気配がしたから、もうすぐ帰ってくるって楽しみに待ってたのに……」

「んー、じゃあ、ここに向かってる途中だったんだ。ちょっと言いにくいんだけど、他の妖怪とかに喧嘩売られたとかは？」

腕を組んで推理する海帆だったが、火々知は首を横に振った。

「あやつがそこらの雑魚相手にどじを踏むなど有り得ん」

「じゃあ、他に心当たりは？」

抄伊は涙を袖で拭いながら、「ないの……」と掠《かす》れた声で答えた。着物が濡れてしまうと、見初が抄伊にハンカチを渡す。

「これ、どうぞ」

「うん……ありがとう……」

お礼を言ったあと、抄伊は見初と海帆を見てこてん、と首を傾げた。

「あなたたち、もしかして人間さん？」

「は、はい」

「火々知おじさまの……お友達？」

その問いに海帆が嫌そうに眉を顰《ひそ》めた。

「いやーないない！　おっさんと友達なわけが――」

「そうなんですよ、お友達なんです！」

自分たちの関係を説明するのが難しそうだと思い、見初は海帆の言葉を遮って明るく元気に答えた。

「見初ぇ……」

「まあまあ」

しかし、海帆と同じように見初の説明を否定すると思われた火々知が何も言わない。どうしたのかと彼を見ると、腕を組んで深刻そうな表情を浮かべていた。

「……時町、小娘。お前たちにも銀を捜すのを手伝ってもらうぞ。何がなんでもだ」

「ん？　そんなおっかない顔しなくても、協力してやるって。この神様可哀想だし」

「いや、事はお前たちが考えているよりも重大なのだ」

「か、火々知さん、それはどういう意味で……？」

「抄伊の精神は現在、とても不安定な状態だ。故に、自らの力を上手く使えずにいるらしい」

　秋を呼ぶのが抄伊の能力だ。そして、今の火々知の言葉。

　まさかと、見初と海帆は互いの顔を見合い、ほぼ同時に声を出した。

「『そのせいで秋が来ない！』」

「そう。十月だというのに未だに夏のように暑い原因はこれだ」

「もし抄伊様がこのままだったら、出雲はずっと夏のままなんですか？」

「いいや、秋を飛び越えて夏から冬になるだけだ。冬は冬で呼び寄せる神がいるからな」

「そうなんですね、よかった……」

　出雲が神様の地ではなく、常夏の地になるところだった。安堵する見初だったが、火々知は「安心している場合か」と咎《とが》めた。

「季節が一つ、丸々消えるのだ。自然にどのような影響が出るか分からん」

「た、確かにそうですね……」

「抄伊を安心させ、力を安定させるためにも銀を見付けなければ！」

「ひえぇ」

　責任重大である。何だかとんでもないことに巻き込まれてしまった。

「そういえば、その銀って見た目どういう人なのさ。それが分からないと捜しようがないんだけど」

「えっとね……銀は……」

泣き止みかけた抄伊が海帆の疑問に答えようとする。

だが、また両目から涙が溢れ出し、それどころではなくなっている。

どうしよう。見初がおろおろとしていると、火々知が持参していた風呂敷包みを開き始めた。

中に入っていたのはワイン瓶とチーズとサラミ……ではなく、ラップに包まれた掌サイズの白くて丸い物体だった。それが五個。

「神のくせにいつまでも泣きべそをかくな！　これでも食って少しは落ち着け！」

火々知はラップを外すと、抄伊の口に謎の物体を押し付けた。

抄伊も一瞬驚いた表情を見せたが、すぐに美味しそうにそれを食べる。

「火々知さん、これ何ですか？」

「酒蒸し饅頭だ」

火々知はそう言って、新しく手に取った饅頭を半分に割った。真っ白な皮の中に黒いこしあんがぎっしり入っている。

見初はきらきらと目を輝かせた。

「わー！　美味しそうですね！　火々知さんの手作りですか？」

「うむ。この小娘、酒は変な味がするから苦手と言っておきながら、これだけは好んで食うのだ」

「だって酒蒸し饅頭美味しいじゃないですか。私もお酒はあまり飲めないけど、酒蒸し饅頭大好きですから」

「ふふ、酒蒸し饅頭に関しては桃山《ももやま》よりも吾輩が作ったもののほうが味が上でな。作り方を教えてくれと聞かれたくらいだ」

「なるほど……」

「うむ」

「…………」

「…………」

酒蒸し饅頭を凝視する見初と、その様子を見詰める火々知。

「……食うか？」

「えっ、だ、駄目ですよ。抄伊様のために作ってきたんですよね？」

「構わん、半分は吾輩が食うつもりだったものだ。銀捜しを手伝ってもらう礼として受け取れ」

見初は知らない。酒蒸し饅頭を見る目が怖かった、と火々知が思っていることを。

「それじゃあ、いただきます」

大きく口を開けて饅頭を頬張る。

濃厚で滑らかなこしあん。それをしっとりもっちりした生地が優しく包み込んでいる。仄《ほの》かに香る酒の風味があんの甘さと合わさって、上品な味わいとなっている。これまでに食べてきた酒蒸し饅頭に比べ、生地の美味しさも香りも全然違う。

「んー、美味しい……！」

幸せに浸る見初に、火々知がにやりと笑う。

「そうであろう。この味に辿り着くまでに五年の月日を費やしたのだからな」

「おっさん、酒に関するお菓子作りに関してはほんと桃山さん越えるよなぁ～」

「当然よ。いつかはワインを使った饅頭作りに挑戦したいと思うが……む⁉　何故お前まで食べているのだ⁉」

いつの間にか饅頭を食べながら感想を述べる海帆に、火々知が驚愕する。

海帆は食べ終わると、抄伊へ視線を向けた。

「この子が食べていいよって言うから」

「吾輩はいいと言っておらんだろう！　まったく……ふん。だが、お前にはこのようなものが作れないだろう小娘め！」

「酒が絡まなかったらおっさんの料理の腕なんてたかが知れてるだろ！　スクランブルエッグすら作れないくせに！」

「だから二人とも神様の前で喧嘩は……」

低レベルな口論再び。見初は酒蒸し饅頭を食べ進めながら二人を止めようとする。

だが、彼らを静かにさせたのは鈴を転がすような少女の笑い声だった。見初たちは楽しそうに笑う抄伊に目を丸くした。

「火々知おじさま、こんなに素敵なお友達がいたんだね」

「ふん、何をわけの分からぬことを言っているのだ」

火々知は眉間に皺を寄せると、抄伊から顔を逸らすのだった。


その頃、とある一軒家の庭からは秋の高級食材の香りが漂っていた。

「うむうむ、やはり秋と言えばこれだなぁ」

家主である老人は、縁側に腰かけて幸せそうな笑みを浮かべていた。

七輪で焼かれているのは、食べやすい大きさに裂かれた松茸だ。軽く塩を振ったものに、かぼすの汁をさっとかけて食べる。これが最高なのである。

毎日毎日こうも暑いと気が滅入ってしまうが、味覚の部分で秋を楽しみたい。そう思い、奮発して買ったのだ。

「いい香りだ。流石はきのこの王様……ん？」

がさ、と庭に誰かが入ってくる音がした。野良猫にしては足音が大きい。

老人はハッとした顔で松茸を見た。脳裏に浮かぶ松茸泥棒の文字。

「な、ならんぞ！　これは私の松茸だ！　この松茸を奪いたければ私を倒してから……って、んん？」


ふらつきながら現れたのは、野良猫でも松茸泥棒でもなかった。

美しい銀色の毛並みを持つ狼だ。

そして、その後ろ脚は自らの血で赤く染まっていた。

◆◆◆

出雲市の今後を左右する捜索活動は難航していた。

抄伊によれば銀の気配は途絶えたわけではなく、出雲のどこかにはいるはず……らしい。

ただ、それ以外に手がかりがないのは大きな問題だった。とにかくしらみつぶしに捜してみる他ないのだ。

見初と海帆、火々知の三人は、その日の仕事が終わると銀を捜しに行っていた。見初と海帆は二人一組で街中を、火々知は単身で薄暗い山や森へ向かう。

夜の出雲では妖怪や神をちらほら見掛ける。中にはホテル櫻葉《さくらば》の常連客もいて、見初たちに気付くと手を振ってくれる。彼らに手を振り返しながら周囲を見回す。

「やっぱりそう簡単には見付からないですね」

そろそろ寮に戻る時間だ。火々知からあまり遅くまで外に出るのはやめろと言われているのである。本人は日付が変わった後も捜し続けているようだが。

「いたら気付くよなぁ。光ってる狼なんて……」

暗闇の中で目映《まばゆ》い銀色の光を放つ狼。抄伊曰く、それが銀なのだという。

そんなものがその辺にいたら、絶対に気付くだろう。夜であれば尚更。

「どこうろついてんだか。ご主人様があんなに泣いてんのにね」

「そう、ですね……」

「見初？　どうしたの？」

海帆は悲しげに俯《うつむ》く見初の顔を覗き込んだ。

「抄伊様、もし火々知さんが心配して見に来なかったら、あそこでずっと一人で銀様が来るのを待っていたんだなって……」

抄伊の神域は、光で作り出された美しい場所だった。けれど、一人ぼっちだ。

あのような場所にずっといることなど、自分なら耐えられないかもしれない。抄伊の途方もない孤独を想像して、見初は胸の奥が締め付けられるようだった。

「結構おっさん、あの子に懐かれてたよなぁ。柚枝といい、どこがいいのか私にはちょっと分かんないけど」

海帆はスポーツドリンクを呷《あお》ってから、明るい声で言った。

火々知が抄伊と出会ったのは本当に偶然だったらしい。

火々知は数年前、ちょうど今頃の時季にあの公園で日向ぼっこをしていた。神域のことは知らなかったが、公園は常に清らかで澄んだ空気で満ちていたため、以前からお気に入りの場所だったのだ。

抄伊も火々知の存在に薄々気付いていたが、邪悪な気配は感じなかったので放っていた。

そして、一年ぶりに主の下に戻って来た銀は、公園のベンチで爆睡する者を見て驚愕した。人間の姿に擬態をしているが、正体はかなり力の強い妖怪だと一目で気付いたのだ。

火々知も銀の気配を察知して目を覚ますと、すぐさま臨戦態勢を取った。

神域に侵入しようとしているかもしれない蛇。

昼寝を妨害しようとしている狼。

どちらも互いを誤解したまま睨み合っていた時だ。抄伊が『入口』を開き、彼らを神域に引きずり落とした。

そこで懐疑心を抱きながら、言葉を交わし合うこと数時間。ようやく双方の敵意は静まった。

そんな出来事がきっかけで、火々知は毎年銀が戻るのを見計らって抄伊の神域を訪れるようになったのである。

「火々知さん口には出さないけど、銀って狼のことすごく心配してますよね……」

「……そりゃね。季節がなくなるとか自然がどうとか言ってるけど、純粋に抄伊と銀が心配だから捜してるんだよ」

あの酒蒸し饅頭も、抄伊を元気付けるために用意したのだろう。

「よーし、抄伊のためにもおっさんに恩を着せるためにも、絶対に銀を見付けてやる！」

「はい！　って恩は着せなくていいんですよ！」

慌ててツッコミを入れる見初は、すっかり元気を取り戻していた。

◆◆◆

「時町、お前最近仕事が終わってから海帆さんとどこかに行ってるみたいだけど、何かあったのか？」

やはり聞かれたか。朝食の時間、思い詰めた表情の冬緒から問われ、見初は箸を止めた。

火々知の言い付け通り、冬緒には何も伝えていない。交換日記でこっそり教えるようなこともしなかった。

ただ、冬緒がそろそろ怪しみ始めているのは分かっていた。何せ一週間、毎日夜に外出しているからである。

何て説明しよう。見初は暫《しば》し悩んでから辛そうな顔をして口を開いた。

「実は……」

「実は？　何かあったのか？」

「海帆さんには、私のダイエットに付き合ってもらってるんです……」

「ダイ……エット……？」

椿木さん、本当にごめんなさい。心の中で何度も謝りながら見初は恥をかなぐり捨てて、

「はい、ダイエットです」と告げた。

「今までは朝や休みの日に走ってたんですけど、それだけではどうにもならない段階まで来てしまって……ほら、夜なら少しは涼しいですし」

「どうにもならないって、見た目は全然変わらないように見えるぞ」

「でも、お腹がすごいんです。まるで酒蒸し饅頭のようにしっとりもっちり……」

「何だよ、そのたとえ……い、いや、でも大変なんだな」

信じてくれたことを感謝すべきなのに、何だか複雑な気分である。しかも、笑い飛ばすわけでも、呆れるわけでもない。心の底から案ずるような眼差しを向けられ、罪悪感が沸き上がる。

「でも、海帆さんじゃなくて俺じゃ駄目なのか……？」

「でも、えーと、椿木さんに迷惑はかけられないので」

「迷惑とか考えないでくれ。俺はお前の力になりたいんだ」

まるで子犬のような目で見てくる。罪悪感が見えないナイフとなって、見初の胸に突き刺さる。

「ア、アリガトゴザイマス……トテモ感謝、感謝……」

「何で片言⁉　夜中に走りすぎて疲れてるんじゃ……⁉」

嘘はつくものじゃない。どんな状況であってもだ。見初はそう再認識し、結構落ち込んだ。

◆　◆　◆

ホテルを利用する理由は人それぞれだ。

人間以外の客の場合、一番の理由は『どんなものか体験してみたい』だ。テーマパーク感覚で泊まりに来るのだ。

そして、そういった人間の客もいる。今回の団体客がそのケースである。

「人生で一度でいいからホテルに泊まってみたくて来ちゃいました。ホテルの中ならずっと涼しいでしょうし」

少し恥ずかしそうに言ったのは、白髪の老婦人だった。その後ろには物珍しそうにロビーを見回す老人たちの姿。

彼らは出雲旅行に来た、というわけではなく出雲在住の人々だ。

「皆でどこのホテルにするか話し合っていた時に、ここの評判を聞きましてね。従業員の方々は皆明るいし、ご飯は美味しいし、お土産も可愛いのがあるということで、こちらに決めたんです」

永遠子は老婦人の言葉に満面の笑みを見せた。

「はい。うちのホテルを選んでくださって、ありがとうございます。今回はごゆっくりお過ごしください」

「ええ。以前、このホテルでは幽霊やら妖怪やらが出るって噂があったみたいだけど……そんなわけありませんものね」

「そ、そうですねぇ……」

そう言ってはにかむ老婦人に、永遠子も何とか自然な笑みを返す。

見初と冬緒はその間に、客たちの荷物を預かって台車の上に載せていく。普通の旅行客と違って荷物の量は少ない。

何人かは子供や孫にお土産を買う予定らしく、帰る時には増えることになりそうだが。

「でも、タケさん来られなかったのは残念だよなぁ～」

客の一人が溜め息混じりに言うと、他の客も首を縦に振った。

「あの人、レストランでいっぱい食べるって楽しみにしてたわねぇ」

「だけど、タケさんも変なことを言うもんだ。うちに迷い込んだ狼を看病するから泊まりにいけないだなんて」

ん？　と見初は動きを止めて、彼らの会話に耳を傾けた。

「狼？　犬猫じゃなくて？」

「俺も聞いたんだけどよ、狼って言い張るんだよ。しかも、何か光ってて眩しいからシーツ被せてるってわけの分からんことを……」

まさか、こんな形で捜し人ならぬ捜し狼の手がかりが掴めるとは。見初は目を大きく見開いた。

◆　◆　◆

その日の夜、見初は海帆とともに『タケさん』の自宅を訪れていた。光る狼に興味を示す見初に、客が「見に行ってみるかい？」と住所を教えてくれたのである。『タケさん』が心配だから様子を見に行って欲しいという意味もあったのだろうが。

「いらっしゃい、ずいぶんと可愛いお嬢ちゃんたちじゃないか」

出迎えてくれた『タケさん』こと竹蔵《たけぞう》は温厚そうな老人だった。事前に連絡はしていたとはいえ、いきなり訪ねたいと言い出した見初たちに嫌な顔一つ見せず、にこにこと笑っている。

「でも、本当によろしいんですか？　保護されている狼を見せていただくなんて……」

「構わないよ。それに私の話を本気で信じてくれたのは、お嬢ちゃんたちが初めてだ。他の奴らは狼じゃなくて野良犬を拾っただけだの、松茸じゃなくて変なきのこを食べて幻覚を見ているだの散々な言いようでなぁ」

竹蔵は悲しそうに言いながら、見初と海帆を家の中に上がらせると茶の間に案内した。

「ほれ、あそこにいるのが例の狼だ。助けた時はそんなに光ってなかったはずなんだが、怪我が治るにつれて眩しくなってきて、今はああやってるんだ」

竹蔵が指差した先には、シーツを被せられた動物がいた。犬、もしくは狼のようだが、その体は銀色に輝いており、シーツから光が漏れ出ている。

「光ってませんか、あれ……」

「うん……滅茶苦茶光ってる……」

竹蔵はお茶とお茶請けを準備するために台所へ行ってしまった。残された客人たちは発光する狼を暫し凝視し、狼も二人をじっと見ている。

意を決した海帆が狼へと手を伸ばし、シーツを捲《めく》ってみた。

その瞬間、茶の間は目映い光に包まれた。

「うおっ、眩しっ」

もはや閃光弾である。見初が「目が！　目がー！」と両目を押さえながら叫んでいるので、海帆は急いでシーツで狼を包んだ。

「ごめん、見初。目、大丈夫？」

「目玉が爆発したかと思いました……でも、この狼がもしかしたら……」

「うん。光る狼なんてあんまりいないと思う」

けれど、ここまで光るとは予想外である。光ると言っても、せいぜい懐中電灯程度かと思いきや、野球のナイター試合に使われている照明クラスだった。

しかし、どうしてこんなところにいるのだろうか。二人で考え込んでいると、頭の中に見知らぬ声が流れ込んできた。

『あなた方は……火々知様のお知り合いですか？　火々知様の匂いが微かに残っている』

「!」

『こうして心の中に声を送っているのは、竹蔵様に話を聞かれぬためです。私を助けてくれたあの御方は、私たちのような存在を見ることが出来るようですが、私をただの狼だと思っております。ですが、あなた方はそうではないようだ』

シーツに包《くる》まったまま、狼は丁寧な声で言葉を続ける。

『私は銀。とある御方に仕えている者です』

「やっぱり……あなたが抄伊様の……」

『！　何故、人間のあなたたちが抄伊様の名を？』

「それはですね――」

見初が説明しようとすると、ちょうど竹蔵が茶の間に戻って来た。

「お嬢さんたち、美味しいお茶とお菓子をどうぞ」

『……私は人間の心を読むことが出来ます。なので、ここからは声を出さずに言葉を交わしましょう』

それを聞いた海帆は、竹蔵に気付かれないように見初にこっそり耳打ちした。

「私がタケさんの相手をしてるから、見初はこの狼から色々聞き出してて」

「は、はい！」

見初は銀と目を合わせると、心の中で「私の名前は見初って言います。こっちは海帆さんです」と銀に語りかけた。

『見初様と海帆様。よいお名前ですね』

よかった。成功である。

『抄伊様と火々知さんが、銀様がどこかに行ってしまったと心配していました』

『抄伊様だけではなく、火々知様にもご迷惑をおかけしてしまったようで……大変申し訳ございません』

『何があったんですか？』

互いに見詰め合ったまま動かない見初と銀を、竹蔵が不思議そうに眺めている。

「お嬢ちゃん、どうしちゃったんだ……？」

「気にしないでください。あの子、狼が好きなんですよ。あっ、この煎餅すっごいうまっ！」

「そうかいそうかい。この煎餅は……」

海帆がうまい具合に竹蔵の気を引いていた。自分が出した茶菓子を褒めてもらい嬉しそうな竹蔵へ、銀は柔らかな眼差しを向けた。

『もし、竹蔵様が匿《かくま》ってくれなければ、私は今頃捕らえられていたでしょう』

『どういうことですか？　怪我をしたって話は聞きましたけど……』

『……私は抄伊様の下へ戻る最中でした。そうして山を駆けていると、二人組の人間が私へと猟銃のようなものを発砲したのです。その弾丸は後ろ脚に命中し、彼らは私を捕らえようと迫って来ました』

『……！』

予想もしていなかった内容だ。見初は青ざめた。

『私はどうにか山を抜け出せましたが、傷が思ったよりも深く、安全に身を休められる場所が必要でした』

『それが竹蔵さんの家だったんですね』

『あの御方は、最初は私に怯えていましたが、傷を見るとすぐに手当てをしてくれました。感謝してもしきれません』

『でも、人間のせいで怪我をしたなんて……！』

『いいえ。油断していた私も悪いのです。神の使いである私に、ただの弾丸が通用するはずがない。そう思い込んでいました』

そう語る銀の声からは後悔の念が滲んでいた。

『それにあの二人は猟師ではないようでした。私の姿を見てもさほど驚いていない様子でもありました』

銀を傷付けることの出来た猟銃。銀を恐れていなかった二人組の人間。

嫌な考えが見初の脳裏をよぎる。

ひょっとしたら、銀を狙ったのは陰陽師なのでは……。

『見初様』

銀の呼びかけに見初ははっと我に返った。

『あなたが胸を痛める必要はありません。そのような顔をしないでください』

『だけど……銀様は何も悪いことをしていないのに、こんな酷い目に遭うなんて』

『……確かにそうかもしれません。私は人間の敵意、あるいは悪意によって、こうして傷を負いました。ですが、そんな私を救い、案じてくださるのもまた人間なのです』

『銀様……』

辛いのは銀のはずなのに、こちらが慰められているなんて。見初は情けなさで泣きたい気持ちになる。

『それに……少し懐かしい気分です。火々知様と初めて出会った時のことを思い出しました』

銀が目を細めてそう言った時だった。見初のポケットからスマホの着信音が流れて来た。

「あっ、椿木さんだ」

何かあったのかなと廊下に出てから通話ボタンを押すと、すぐに「時町！　火々知さんどこに行ったか分からないか⁉」と慌てた様子で聞かれた。

「さ、さあ……多分夜のお散歩ですかね……何かあったんですか？」

『……今さっき、雪匡《ゆきまさ》さんから電話があったんだ。先月、素行の悪さが原因で一族から追放扱いを受けた陰陽師二人が屋敷に忍び込んで、退魔で使う道具を盗んでいたらしいんだよ』

「え……えぇ⁉　それ結構大変なことじゃないですか！」

『そう、大変なんだよ！　盗まれたのは、人間には効果がないものばかりだったみたいだけど、それ以外なら話は別だ』

四華《よんか》の一つである椿木家の退魔の道具が盗まれた。それは人外の存在にとっては大きな脅威となる。

「だけど、雪匡さんはどうして先月起きたことを今になって、椿木さんに教えてくれたんですか？」

『本当はもっと早く伝えるつもりだったけど、周りから口外するなって言われていたっぽいんだ。椿木家でそんな事件が起きたなんて、知られたらまずいって！』

冬緒は苛立たしげにそう吐き捨てた。人間に被害が及ばないのであれば、あとは名家の面子《メンツ》の問題。そういうことなのだろう。

元々、妖怪たちをよく思っていない椿木家なら、尚更そのような考えに傾くと冬緒も理解しているのだ。

納得は出来るはずもないが。

『火々知さんなら心配ないと思いたいけど、盗まれた中に一つかなりヤバい物があるみたいなんだ。雪匡さんもこれのことがあるから、こっそり俺に知らせてくれたんだな……』

「ヤ、ヤバいのって？」

『雪匡さんは、俊敏な妖怪や神を仕留めるために作られた銃だって言ってた』

「え……」

何ですと……？　見初は冬緒からもたらされた情報に絶句した。

「その泥棒二人は今どこに行ってるんですか……？」

『今捜してる最中らしい。そいつらは強い妖怪を捕まえて、自分たちに従わせようと考えているんだと思う。だから、そういう妖怪を狙っていると思うんだけど』

点と点が線で繋がっていく。

顔面蒼白になりながら冬緒の話を聞いていた時だった。玄関のチャイムが鳴った。

茶の間から竹蔵が出てきて、身を強張《こわば》らせる見初の横を通りすぎていく。

「はいはい。今日はお客さんが多い日だなぁ……」

「ま、待ってくださいタケさん！」

「んん？」

「だ、駄目です！　開けちゃ駄目……！」

胸騒ぎがする。必死に止めようとする見初だが、竹蔵は小さな子供をあやす時のように笑いながら言う。

「何を心配してるのか知らんが、大丈夫だよ。多分お隣さんが回覧板を持って来てくれたんだろう。いつも、この時間に来てくれるんだ」

竹蔵は玄関の引き戸を開けた。……そして、訝《いぶか》しげな表情を浮かべた。

「……ん？　あんたら誰だ？」

玄関にいたのは二人組の若い男だった。そのうちの一人は白い布に包まれた長い棒状のものを持っていた。

「私たちは猟友会の者です。このおうちに狼が迷い込んでいると聞きまして」

「……狼なんてここにはいないな！」

竹蔵の返しは意外なものだった。竹蔵は予想していなかった返答に固まる男たちを疑いの目で見た。

「それにいたとしたら、あんたらはどうするつもりだ？」

「そんなこと言わなくても分かると思いますが……これを見れば」

男は白い布の下に隠していた猟銃を見せ付ける。もう一人の男が竹蔵に覆い被さり、体を押さえ付ける。

「ちったぁ、大人しくしとけ！　この家からあの狼の気配を感じるんだよ！」

「そいつしっかり押さえとけよ。俺はこっちの女を……」

猟銃を持った男は、たった今まで廊下にいたはずの女に銃口を向けようとした。

だが、その姿は既になかった。

「ちっ、どこに行きやがったあの女……！」

「つーか、あんたら何なのさ」

嫌悪に満ちた声が背後から聞こえた。男はすぐさま振り返ろうとしたが、それよりも先に海帆が放った強烈な回し蹴りが体に命中する。

「ぐ……っ⁉」

竹蔵を押さえていた男は、その様子を見て海帆に襲いかかる。

だが、腹部に拳を叩き込まれて崩れ落ちた。

「生身の人間相手ならそこそこやれるんだよ、私は」

海帆はにやりと笑った。

「お、お嬢ちゃん……」

「タケさん大丈夫だった？　体痛いとこない？」

「私は大丈夫だ。それよりもあの狼を……！」

「見初がわんこ連れて庭から逃げて行ったよ」

「ま、まずい！　銃を持っている奴も外に出て行ったんだ！」

もう一人に気を取られている隙に、逃がしてしまったのか。竹蔵の言葉に海帆は息を呑んだ。
◆　◆　◆

シーツに包まった状態の銀を抱き抱えた見初が向かっているのは、抄伊の神域の入口である公園だった。

「見初様、私を下ろしてください！　あなたまで、あの者に狙われることになります！」

「下ろしません！　あんな人に銀様を渡すわけにはいきませんから！」

見初は鼻息を荒くしてそう宣言した。

人間の身勝手さにこれ以上銀が振り回されるなんて、絶対にあってはならないことだ。

「絶対に抄伊様のところに連れて行ってあげますから……！」

抄伊は今も綺麗で寂しい場所で待ち続けているのだ。再会させてあげなければ。見初はその一心で走り続ける。

「ですが、ここから神域の入口までは距離があります。私を抱えている状態では……」

「私普段から走っているんで、体力には自信があるんです。だから、心配しないでください」

『……………』

銀はその姿を眩しそうに見詰め、やがて瞼《まぶた》を閉じた。

脳裏に浮かんだのは主の姿だった。

『銀、外の世界はどんな場所なの？』

いつだったか、銀は主からそう問いかけられた。

それに対して、銀はこう答えた。

『美しいものはごく僅か。その他は穢《けが》れきっております』

人間は自らの生活のためなら自然を破壊する。妖怪は後先考えずに自らの欲求を満たすために動く。人間も妖怪もろくなものではない。

彼らばかりが外の世界でのうのうと暮らし、主はこんな暗い場所で過ごしている。そんな理不尽さに時折、虚しさを覚える。

『美しいものってどういうの？』

『そうですね……春になれば桜が咲き、夏の夜は蛍が飛び交います。そして、冬になれば雪という柔らかい氷が空から降ってきます』

『秋は何もないの？』

『いいえ。鮮やかな色に染まった枯葉が舞い踊ります。ですが、この御神木よりも美しいものはございません』

抄伊の神気によって淡く輝く銀杏の木。それを見上げながら銀が言うと、抄伊は擽《くすぐ》ったそうに笑った。

『銀は人間や妖怪を嫌ってるけど、優しくていい人もきっといてくれると思うよ』

主は寂しそうに銀に言葉をかけた。

だが、そんなわけがないのだ。自然は人間によって壊されていき、抄伊を喰らって力を得ようと、神域には何度も妖怪が侵入しようとする。

『彼らとは決して関わってはいけません』

彼らは敵だ。それが彼らに対する銀の認識だった。

だが――。


「銀様、銀様!?」

銀は見初の必死の呼びかけで我に返り、思考の海から戻った。

「傷が痛むんですか？　さっきからずっとボーッとしてましたけど……」

「……いえ、大丈夫です。大丈夫……」

「あ！　ほら、公園が見えてきましたよ！」

見初は息を荒くしながら走り続ける。足の感覚は既になくなっており、銀を抱える腕も痺れ出している。

あともう少し。そう思い、最後の気力を振り絞ろうとした途端、公園の前に一台の車が停まった。

そこから降りて来たのは、竹蔵の家に押しかけた男だった。その手には猟銃が握られている。

男は猟銃を構え、見初へと近付いて来る。

「その狼をこっちに寄越すんだ。そうすりゃ、お前には危害を加えない」

「お断りします。銀様は渡しません」

大丈夫だ。あの猟銃では人間は傷付けられないはずだ。そう思い、見初は男を睨み付けた。

「お前、この銃のことを知ってやがるな。……だが、これならどうだ？」

男がポケットから取り出したのは、折り畳み式のナイフだった。刃が車のライトの光を浴びて鋭い輝きを放つ。

「こんな風に人間の邪魔が入ることは想定内なんだよ」

「……渡しません。絶対に」

　凶器を見せられても、見初の答えは変わらない。男は、その意志の強さに苛立ちを覚えて舌打ちをした。

「そいつは恐らくは神の眷属《けんぞく》だ。それを俺たちに従わせることが出来れば、また椿木家に戻れるはずなんだよ！」

「こんなことをしてまで椿木家に戻りたいんですか？」

「当たり前だろ！」

　男は見初の問いに激昂しながら答えた。

「椿木家の陰陽師ってだけで、周囲からちやほやされるんだぞ！　そんな美味しい立場を簡単に捨ててたまるかってんだ！」

「そんな理由で銀様を⁉」

「お前には分からないだろうな……！」

　男がナイフの切っ先を見初に向ける。

「……っ！」

「怖いか？　怖いならとっとと狼を渡せぇ！」

　表情を強張らせる見初に、男がげらげらと笑いながら要求する。

「……あの、お気付きではない？」

だが、見初は銀を手放すことも、逃げ出すこともせず、男に恐る恐る尋ねた。

「何のことだ？」

「いや、だからですね……そのー、今すぐ逃げたほうがいいんじゃないかって……」

「お、お前俺を舐めてるのか⁉　いいか、逃げたほうがいいのはお前――」

男はそこで言葉を止めた。背後から凄まじい怒気を感じたためである。

見初が恐怖を感じていたのは、ナイフを向けた男にではない。

男へとゆっくりと近付く、数メートルはゆうに超える巨大な蛇に対してだった。

「ひっ、何だこの妖怪……！」

男は慌てて大蛇へと猟銃を発砲しようとするも、長い尻尾に銃身を搦《から》め捕られ、遠くへと投げ捨てられてしまう。

得物を失って狼狽える男を見下ろし、大蛇は嘲笑《あざわら》った。

「ふん、あんなものに頼らなければ何も出来ぬか」

「や、やめろ、こっちに来るな……！」

男が助けを乞うが、大蛇が動きを止めることはなかった。

「覚悟せよ、愚かな人間め……」

大蛇が目を赤く光らせながら大口を開けると、男の悲痛な悲鳴が周囲に響き渡った。

◆　◆　◆

桜。蛍。雪。

銀に教えてもらった、外の世界にある美しいもの。

どんなものか想像しながら、あの狼が戻ってきてくれるのを待ち続ける。

今年はどんな土産話を話してくれるだろう。そんなことを思いながら、ずっと、ずっと。

だけどもしかしたら、銀は自分に愛想を尽かしてしまったのかもしれない。不安な気持ちでいっぱいになって、力を上手く使いこなせない神様になんて仕えたくなくなってしまったのかもしれない。

そう思い、木の前で膝を抱えていると、手にふわふわと柔らかいものが触れた。

「ただいま戻りました、抄伊様」

その声に驚いて顔を上げると、銀色に輝く狼の姿があった。

込み上げた涙で視界が滲む。ぼやける輪郭。しゃくり上げながら抱き着くと、暖かな太陽の匂いがした。

「申し訳ありません、遅くなってしまいました」

「ううん……ありがとう。帰ってきてくれて」

抱き締めた銀の体からは、火々知とともに神域にやって来た人間の残り香がする。きっと、彼女が銀をここまで連れて来てくれたのだろう。

「抄伊様、今年はいつもよりもたくさんお話ししたいことがあるのです」

銀の声はどこか弾んでいるようだった。

◆　◆　◆

そして翌日。

『出雲市にもようやく遅めの秋到来ということになりそうです』

にこやかに言うアナウンサーに、テレビを食い入るように見ていた従業員たちはほっと安堵の溜め息をつき、朝食を食べ進める。本日の出雲市は例年通りの気温だったのだ。

「よかったですね、ちゃんと秋が来ることになりそうで」

嬉しそうに笑いながら味噌汁を啜《すす》る見初。ちなみに白米も、味噌汁も二杯目に突入していた。

いつも以上に荒ぶる見初の食欲ぶりに、冬緒だけではなく白玉も心配そうに見ている。

「ど、どうしたんだよ、お前……朝からすごい食ってるけどダイエットは諦めたのか？」

「ぷぅぅ……」

「昨日ちょっと走りまくったので、体が養分を求めてるんですよ……」

どこか哀愁を漂わせる見初を訝しげに見ながら、冬緒は「昨日の夜は大変だったんだぞ」と疲れた顔で言った。

「蛇の姿に戻った火々知さんが何か口もごもごしてるなと思ったら、中に例の泥棒二人を入れてたんだ」

「へ、へぇ～……そうなんですか」

「本人曰く、散歩中に怪しい奴らを見つけたから捕まえてきた、らしいけどな……泥棒も怯えきってたし」

まあ、そうだろうなと見初は思った。銀のことは何も言うな、言ったら本当に喰ってやると何度も脅されていたのだから。

「あいつらを回収にきた椿木家の人間が火々知さんに話を聞きたがってるけど、その火々知さんはどこかに行ってしまったし……」

はぁ、と冬緒が深い溜め息をつく。

見初は火々知がどこへ、何しに外出したのか知っているが、冬緒には明かせなかった。ようやく今年も神域に辿り着くことの出来た銀へ会いに行ったのである。銀のために作ったビーフジャーキーと、勿論酒蒸し饅頭も持参して。

「あの銀って狼、最初はおっさんのことすんごい嫌ってたんだってさ」

夜、海帆の部屋でノンアルコールのカクテルをご馳走してもらっていると、部屋の主はにやにやしながら話し出した。

「抄伊に何か悪さをするに決まってるだとか、蛇の妖怪は狡猾《こうかつ》な奴らばかりだとかボロクソに言われたみたいだよ」

「そういえば最初はそんな感じだったみたいですけど……よくそんなことで仲良くなれましたよねぇ」

「それがよく分からないんだって」

そう言いながら、海帆はつまみのサラミを齧り、カシスオレンジ風のジュースを飲んだ。

「銀は人間とか妖怪の話は全然してくれないから、抄伊はおっさんに色々聞いて、おっさんも答えてたらしいよ。そしたら、銀もいつの間にか話しかけてくるようになったとか。なーんでだろうね」

「うーん……」

二人は延々と考えたものの、結論はいつまで経っても出すことが出来なかった。

◆　◆　◆

主がこの大蛇を神域に招いてから七日程経った時、銀はふと口を開いた。主は束の間の眠りに就いたところだ。聞くなら今だろう。

「あなたはどうやら、他の妖怪とは違うようですね」

大蛇に抱いた感想を素直に伝えると、彼は訝しげに片眉を動かした。

「どういう意味だ、犬ころめ」

「強大な力を持ちながら、それをむやみやたらと使おうとはせずに人間の社会の中で暮らしている。私にはそれが理解出来ない」

「理解出来ない？　何故だ」

「あなたのような者なら、人間の浅はかさ、愚かさは分かっているでしょうに。酒のためとはいえ、彼らと積極的に関わるなんて……」

果実で作った酒は不評だったが、酒を使った饅頭は主を大変喜ばせた。そのことには感謝しているものの、この大蛇が大人しく人間の真似事をしていることが一番の衝撃だった。彼ならばそこらの陰陽師など相手にならない。妖怪らしく、好き勝手に暴れれば好きな酒などいくらでも飲めるだろうに。

「……ふん、吾輩もかつてはそういった考えを持っていた時期があった」

懐かしむような口調で大蛇が言う。

「だが、人間とともに生きるのも案外楽しいものだぞ」

「……私にはそう思えませんが」

「それはお前がそう思わせる人間に、まだ出会っていないからであろうな」

「あなたは出会ったというのですか？」

「うむ。今、そやつらと働いているのだ」

どこか得意げな笑みを浮かべながら大蛇が言う。

その様子を見て「羨ましい」と思ってしまった自分に驚く。

「私も……いつかそのような者たちに出会えるでしょうか」

「出会えるに決まっている。お前の言う通り、外の世界はろくでもない者だらけだ。吾輩を含めてな」

「……ええ」

「だが、そうではない者も多く存在している。銀よ、この世はお前が思っているよりも、美しいもので溢れているのだぞ」

それは彼にしては珍しい、諭すような柔らかい声だった。

第四話　亡樹の枝

昔、とある村に神が祀《まつ》られていた。

その神は慈悲深い心の持ち主で、困った村人が祠《ほこら》に駆け込んでくれば問題を解決してくれた。

「どうかお助けください、常ノ寄《とこのぎ》様。母が病に倒れてしまったのです」

村人が祈りを捧げた翌日、その者の母親の病は完治していた。

「お力をお貸しください、常ノ寄様。ここ数ヵ月雨が降らないのです。このままでは作物は育たず、井戸も干上がってしまいます」

村人が祈りを捧げた翌日、雨が降り出して大地は乾きから救われた。

「私の悲しみを癒してください、常ノ寄様。私には妻となる者がいました。ですが、借金の肩代わりに連れ攫《さら》われてしまったのです」

村人が祈りを捧げた翌日、その者に金を貸し与えていた商人の一族が急死し、村に妻となる者が戻って来た。

「この村をお守りください、常ノ寄様。隣村の連中が食物を寄越せと、村に押しかけてくるようになりました。しかも、武器まで用意しているのです」

村人が祈りを捧げた翌日、山で大規模な土砂崩れが起きて隣村が被害を受けた。そこの村人は一人も助からなかったという。

神はどんな願いも叶えてくれたという。

「常ノ寄様、隣人が私の金を盗んだかもしれないのです。どうか奴に罰を与えてください！」

「私の妻が他の村人と関係を持っていたのです。許せません、あの二人が憎くてたまらない！」

「毎日、義母が私をいびってきます。若い嫁は駄目だとかわけの分からないことを言って……あんな女、いなくなってしまえばいいのに」

「村人たちが私を見て、ひそひそと何かを話しています。きっと私を悪く言っているのです」

「常ノ寄様、あいつを殺してください」

彼らの願いを叶えるためなら、村人の命すらも容易に奪ったそうだ。

◆◆◆

秋も深まりつつある中、冬緒《ふゆお》の部屋の火災警報器が作動したのは夕食後のことだった。

「うわぁー‼」

「ぷぅー‼」

寮に響き渡る冬緒と白玉《しらたま》の絶叫。

「何があったんですか⁉」

焼き芋を両手に持った見初《みそめ》が部屋から飛び出す。白玉の監視の目がないこのチャンスを狙い、焼き芋を堪能しようとしていた時だった。

慌てて現場に急行すると、部屋の周りには人だかりが出来ていた。

その中に永遠子《とわこ》がいることに気付き、見初は声をかけた。

「永遠子さん！　何があったんですか？」

「私にも分からないのよ。火々知《かがち》さんが先に入って行ったけど……」

永遠子が眉を寄せながら答えていると、部屋から火々知が出て来た。

「心配するな。ただの小火《ぼや》だ」

「そ、そうなんですか……？」

「もう中に入っても大丈夫だ」

許可が出たので見初と永遠子は室内に足を踏み込んだ。

すると、キッチンで座り込んでいる冬緒と、その傍《かたわ》らでぷうぷう鳴く白玉を発見した。

「椿木《つばき》さん！　白玉！」

「と、時町《ときまち》……」

「ぷぅう……！」

冬緒が弱々しい声で見初を呼ぶ。白玉は余程怖かったのか、見初の足元に縋《すが》りついた。

何だか焦げ臭いと思ったら、鍋が真っ黒に焦げており、キッチンの周囲には黒い塊がいくつも落ちていた。

天井も何か焦げている。換気のために火々知が開けたのか、窓ガラスは全開になっていた。

本当に何があったのかと見初が混乱していると、冬緒が落ち込んだ様子で「あれ……」とゴミ箱を指差した。

そこに入っていた空の袋には『秋の味覚・栗』というラベルが貼られていた。

「ま、まさか、この落ちてるのは全部……栗？」

こくんと冬緒の頭が縦に振られる。その姿はあまりにも憐れで、栗が勿体ないと言いそうになった見初は咄嗟《とっさ》に自分の口に焼き芋を突っ込んだ。

そこで見初は思い出した。数日前、交換日記に『そろそろ栗が食べたいけど、自分で用意するのは大変そう』と書いたことを。

「椿木さん……私に食べさせようとしてたんですね」

「うっ……」

触れられたくなかったのか、冬緒の肩が大きく跳ねる。

「でも俺じゃ駄目だったんだ……」

「椿木さん、あんまり料理しないですからね」

「本当にごめん……」

「げ、元気出してくださいよ！　ほら、焼き芋一個あげますから！　とっても甘くて美味しいですよ！」

「ありがとう時町……何で焼き芋両手に持ってるのか分からないけど……」

二人の間に流れる温かな雰囲気に、永遠子は文字通り頭を抱えていた。

「また二人の仲がちょっと近付いたっぽいことを喜べばいいのか、小火を起こしたことを怒ればいいのか……どっちなの……？」

「いや、まずは怒るべきではないのか？　寮が燃えるところだったのだぞ」

火々知は決して情に流されることなく、冷静にアドバイスをした。

「まったく……せっかく晩酌をしていたというのに、気分が台無しではないか」

「でも、よかったわ。冬ちゃんも白玉ちゃんも怪我や火傷《やけど》はしていないみたいだし……」

不機嫌な様子の火々知を宥《なだ》めている時だった。永遠子は「あら？」と窓の外へ視線を向けた。

「永遠子さんどうしたんですか？」

半泣きの冬緒と焼き芋をもぐもぐ食べていた見初が、永遠子に不思議そうに訊ねた。

「……今、色んな妖怪の匂いが外からしたと思ったんだけど……」

「吾輩は気付かなかったが」

「本当に一瞬だったの。すぐにいなくなったみたい」

「なるほど。この小火騒ぎを聞きつけて集まった妖怪どもかもしれんな」

「そうかもしれないわねぇ……」

永遠子は苦笑いを浮かべた。そうだとして、このことはあまり他の妖怪たちには言わないでくれるといいのだが……。


寮から離れた場所では、ひそひそと会話をする複数の声があった。

「本当に間違いないの？」

「うん、片方は人間の姿をしてたけど、あいつは蛇の妖怪だった」

「それじゃ、やっぱりここがそうなんだ……」

「あの人たちなら、主様を救えるかもしれない……」

彼らの声は切迫したものだった。

◆　◆　◆

翌日、見初は謎の気配を感じて目を覚ました。

「ん～……？」

見張られているような感じだ。風来《ふうらい》と雷訪《らいほう》でも遊びに来ているのかと思いきや、二匹の姿はなく、白玉も枕元で静かに眠っている。

昨日の夜にあんなことがあったから、まだ疲れが取れていないのかもしれない。見初はそう思いながら、ベッドから足を下ろした。

ベッドの下から伸びて来た手に足を掴まれたのはその直後だった。

「ギャッス」

反射的にもう片方の足で手を踏み付けると、「ヒャア」と情けない悲鳴を上げて手は引っ込んでいった。ベッドの下へと。

今のを寝起きの幻覚で片付けてしまいたい。まだ起きる時間には早いし、二度寝がしたい。しかし、足を掴まれた感覚がはっきりと残っているので、これは紛うことなき現実である。

人間か、妖怪か、神様か、人の姿を手に入れたゴキブリか。

深呼吸を数回繰り返したあとに、見初は勇気を振り絞ってベッドの下を確認した。

「うわぁ！　気付かれた！」

「ば、馬鹿！　何で足掴んじゃったんだよぉ！」

「だって、びっくりしてつい……」

暗くてよく見えないが、少なくとも三体は『いる』。

「あの……すみません」

見初が声をかけると、皆は黙り込んだ。

「あなたたちは何者でしょうか……答え次第では急いで殺虫剤を買って来なければいけません……三匹いたら百匹はいる……」

ベッドの下を覗き込みながら、ぼそぼそと言う見初の目は血走っていた。それを見た一体が「ヒャア」と声を出した。見初の足を掴んだのはこの声の主のようだ。

「よ、妖怪です……」

「あっ、そうなんですね、よかった～！」

見初はその答えに満面の笑みを浮かべた。

◆　◆　◆

「……というわけで、この子たちが私のベッドの下にいた妖怪たちです」

部屋を訪れた冬緒、永遠子に、見初が侵入者たちの紹介を始める。

「左側にいるのが魅々《みみ》」

花柄の皿を頭に載せた河童がぺこりと丁寧にお辞儀をする。

「真ん中にいるのが芽々《めめ》」

短い角を三本生やした小鬼が少し緊張した様子でお辞儀をする。

「そして、右側にいるのが望々《もも》です」

真っ白な着物を着た猫又《ねこまた》が「この度はお騒がせしてしまい、申し訳ありませんでした……」と謝りながらお辞儀をした。

「人間か擬人化したゴキブリじゃなくてよかったですよ。ね、白玉」

「ぷ、ぷぅ」

白玉は「お、おぅ」的な返事をした。

心の底から安心しきっている見初に、冬緒と永遠子は深刻そうに眉を寄せた。

「お前の危機管理能力どうなってんだよ……」

「今度防犯マナー講習のＤＶＤ持ってこようかしら……」

「まあ、特に悪さをしに来たわけじゃないし、いいかなって……」

「いいわけないだろ！」

軽いノリの想い人に、冬緒がキレた。

「もう少し！　自分を大切に！　しろよ！」

「そうよ、見初ちゃん。あなた女の子なんだから……」

「大丈夫です、この子たちも女の子ですから」

「見初ちゃん、そういう問題じゃなくてね」

「いや、雌なら大丈夫だな！」

「だから、大丈夫じゃないわよ」

冬緒の危機管理能力は見初と同レベルだった。

「でも、どうして小鬼さんたちは、見初ちゃんのベッドの下にいたの？」

「というか、どうやって部屋に忍び込んだんだ」

「天井裏からです」

そう答えたのは望々だった。

「最初は裏口のような場所から入ったのですが、変な狸と狐が暗闇の中で四角い光る板を見ていたのが怖くなって、慌てて天井裏に隠れたのです」

狸と狐は風来と雷訪。光る板とはテレビのこと。

皆が寝静まった後、食堂のホールで二匹がこっそりテレビを観ていたのだろう。人間の文化をろくに知らない妖怪にとっては、異様な光景だったに違いない。

いや、それと聞き捨てならないことが。

「裏口開いてたのか⁉」

「は、はい。正面の扉は開かなかったのですが……」

「風来ちゃんと雷訪ちゃんには後で話をしないと……」

裏口の戸締まりは二匹の仕事である。

新たな問題が浮上し、黒い笑みを浮かべる永遠子に望々が説明を続ける。

「そ、それで天井裏を彷徨《さまよ》っているうちに迷ってしまって、どうにか下りられたと思ったらこの部屋でした」

「え、何でその時に私を起こさなかったの……？」

起こしてくれればよかったのに。疑問を口にする見初に三匹の妖怪が気まずそうに顔を見合わせる。

三匹を代表して答えたのは魅々だった。

「寝言で狸鍋と狐鍋がどうとか言っているのが何だか怖かったの……」

「と、時町⁉　あいつらを食材として見てたのか……⁉」

「誤解です！」

「もし、ここで見付かれば私たちも食べられてしまうかもしれないからって、あそこに隠れてたの……」

うっかり山姥《やまんば》の家に入ってしまった旅人状態だったというわけだ。

寝言だけで妖怪を怖がらせてしまった……。見初は何だか申し訳なくなった。

「何かごめんね……でも私妖怪は食べないから」

「う、うん。私たちこそ勝手にお部屋にいてごめんなさい」

「そもそも、何で寮に入ってきたの？　ホテルに泊まりに来たわけでもなさそうだし……」

悪戯《いたずら》をしに来たようでもない。見初が首を傾げていると、永遠子が小鬼たちに顔を寄せてくんくんと匂いを嗅いだ。

「あなたたち、もしかして昨日の夜、外から私たちのこと見てなかった？」

「え、どうして分かったの⁉」

驚く魅々に、見初は昨晩のことを思い返していた。

永遠子が感じ取った妖怪の匂いは小鬼たちのものだったらしい。

「……私たちは噂を聞いて、ここにやって来ました」

望々は従業員の面々を見回しながらそう言った。

「噂？　ホテルについてのか？」

「はい！　ほてるという場所に行けば、妖怪の悩みを何でも解決してくれるそうで」

何だと……？　見初は訝《いぶか》しげに眉を寄せた。確かに妖怪や神たちの様々なトラブルに巻き込まれ、その度に解決してきた。

だが、そのせいでお悩み相談所のような場所だと勘違いされることになるとは。

「ほてるには人間だけではなく妖怪もたくさんいて、皆で協力して数千年前の悪霊を退治したとか、世界が闇に包まれた時に神剣を使って太陽の光を取り戻したとか……！」

しかも尾ひれが存分につきまくった噂となっている。そんな世界の運命を左右するような事件に遭遇した記憶はない。

「そんな人たちなら、私たちの主様を救うことが出来ると思ったんです！」

「主様って……何かあったの？」

永遠子が訊ねると、三匹の目には涙が浮かんだ。

「このままでは……主様は呪いで死んでしまうんです」

◆◆◆

「いいの？　ホテルってところに泊まらないと、悩みを聞いてくれないんじゃないの？」

恐る恐る聞いてくる芽々に、見初は「ううん」と首を横に振った。

「そんなことないよ。ね、白玉？」

「ぷぅぷぅ！」

同意を求められ、白玉は元気よく返事をした。

今日が非番でちょうどよかったと見初は思った。客ではない魅々たちの事情に関わる義務など、ホテル櫻葉《さくらば》側にはない。

しかし、主が死んでしまうと悲しむ彼女たちを放ってはおけなかったのだ。

「それで皆の主様はどこにいるの？」

「もう少しで着くよ！」

とは言われたものの、見初は内心で今の状況に軽い戸惑いを覚えていた。

妖怪たちの棲み処《すみか》というと、山や森がほとんどのはずなのに、見初たちは今、何故か出雲《いずも》の街を歩いている。

お願いだから妖怪が見える人とすれ違いませんように、と見初は祈り続けていた。白玉はただの兎に見えるだろうが、他三匹は完全にアウトである。猫又の望々なら……と思ったが、尻尾が途中で二本に分かれているのだ。誤魔化しにくい。

「う｜ん……『着ぐるみを着てます』で押し通すのはちょっと難しいよなぁ……」

「ぷ……」

「見初様、着きました。こちらに主様はいます」

小鬼たちは立ち止まると、『それ』に指を差しながら見上げた。

神社でも、寺でも、祠でもない白い建物。

「ほ、本当にここにいるの？」

半信半疑で問いかける見初に、魅々が寂しそうに頷いた。

「うん。もうずーっとここにいるの」

「でも、ここって……」

そこは病院だった。

「はい、橘花《たちばな》さんの面会の方ですね」

「あ、あの、初めて来たのでどの病室か分からないんですけど」

「では、後程他の者がご案内いたしますので、少々お待ちください」

「ありがとうございます……」

普通に受付を済ませてしまった。妖怪たちから教えてもらった名前を告げると、やはり『主様』とやらはここにいるようだ。

看護師に案内されて向かったのは個室の病室だった。

数回ノックすると、中から「はい」と穏やかな声が聞こえた。

「失礼します……」

引き戸を開けてみると、ベッドには栗色の髪の青年がいた。見ず知らずの来訪者に目を丸くしている。

「君は……？」

「私はですね……ある人たちに頼まれまして……」

どう説明すればいいのだろう。悩んでいると、魅々たちも病室に入ってきて、青年に飛び付いた。

「主様！　元気にしてた？」

するると、青年は焦った表情を浮かべ、見初へと視線を向けた。

彼が何を考えているのか大体想像がついたので、見初は笑いながら言った。

「その子たちに頼まれたんです」

「じゃあ、あなたは妖怪が見えるんですか……」

「ぷぅ！」

「……その兎も妖怪？」

「はい！　白玉って言うんですよ。あ、私は時町見初って言います」

見初がそう答えると、青年は困惑した様子で妖怪たちに話しかけた。

「お前たち、どうしてこの人を連れてきたんだ？」

「見初様たちならもしかしたら、主様の呪いを解けるかもしれないって思ったの！」

「ほてるって宿の人だよ！」

「主様が死ぬかもって話したら、来てくれることになったんです！」

魅々、芽々、望々がやや興奮気味に喋る。それから声量が大きい。もし、彼女たちの声が普通の人間にも聞こえていたら、苦情になっていただろう。

青年は何を思い出したのか、はっとした顔で見初を見た。

「ほてるって……ホテル櫻葉ですか⁉」

「は、はい……」

「前からこいつらが話してるのは聞いていたんです。困っている妖怪たちを助けてくれる場所だって。ただのホテルがそんなことしてくれるわけないだろって注意はしてたんですけど」

はぁー……と青年は深く溜め息をついた。

「すみません。仕事中なのに、こいつらに無理矢理連れ出されたんじゃないですか？」

「そんなことありませんよ。私、今日はお休みだったんです。それに、魅々たちはあなたのことすごく心配して、助けたいって思ってるんですよ」

「……俺はもう、こいつらの主なんかじゃないのに」

青年は沈んだ表情で呟きを落とした。騒がしかった妖怪たちも、それを聞いて悲しそうに項垂《うなだ》れてしまう。

「あの……何があったのか、聞いてもいいですか？」

「い、いえ、これ以上は迷惑をかけられませんので」

「私が聞きたいって思っているんです。それに迷惑なんかじゃありません」

「…………」

「……話せない事情があるなら、話さなくても大丈夫ですから」

やんわりと逃げ道も用意すると、青年は逡巡《しゅんじゅん》する様子を見せてから口を開いた。

「俺の今の名前は橘花慧《さとる》です。だけど……そこにいる奴らの話だと、前は常ノ寄って神様だったらしいです」

「らしいってことは……」

「俺にはその時の記憶なんてないんです。ただ、普通の人には見えないものが見えるなって思っていた程度で。超能力とかそういうものも使えない。……だから、あまり深く考えてなかったんですけど、ある日これが出てきたんです」

慧は掛け布団を横にどかすと、入院着のズボンの裾を膝まで捲《まく》った。

露になった素足に見初は息を詰まらせた。その両脚には細い枝のような痣《あざ》が浮かび上がっていたからだ。

「ぷ……」

「……白玉？」

「ぷぅ、ぷぅぅ……」

白玉が怯えた様子で病室の隅に避難してしまった。見初が手招きをしても、小刻みに震えたままだ。

それを見て慧は苦笑しながら裾を戻した。

「ごめん、変なの見せたりして」

「それが呪い……ですか？」

恐る恐る訊ねた見初に、慧は首を傾げてみせた。

「俺にもよく分かりません。ただ、こうなってから脚に力が入らなくなって、歩けなくなったんです。……でも、医者にも家族にもこの痣は見えなかった。それがあなたに見えているってことは、やっぱり呪いなのかもな」

「こ、心当たりはないんですか？」

「……いえ。そんなのなかったし、脚も治らなくて追い詰められていた時、病室に入ってきたのがこいつらでした」

懐かしそうな笑みで慧は魅々たちを見た。

「俺はこいつらを全然覚えていないけど、こいつらは俺を主様って呼んで色々教えてくれました。神様だった頃の俺は小さな村に祀られていたとか、この痣は呪いによるものだとか」

「……よく信じましたね」

「必死な顔して信じて欲しいって何度も言われたんです。……信じてくれない気持ちの辛さはよく知ってたから」

慧は自らの脚を撫でると、俯《うつむ》いた。

「痣のこと、誰にも信じてもらえなかったんです」

「…………」

慧の孤独と苦悩と絶望は見初にも理解出来た。ホテル櫻葉に来るまでは、人ではないものが見えることを隠し続けていた。おかげで他人から妙な目で見られることはなかった。

見初が最も恐れていた事態が慧に起きているのだ。

「だから、あなたが俺と同じものが見えることが分かって、何だか安心しました。俺はおかしくなったわけじゃないって」

それだけで満足だというように微笑む慧に、見初は両手を強く握り締めた。

本当は自分の体がどうなってしまうのか、絶えず恐怖に襲われているはずなのだ。

「今日は来てくれてありがとうございました。ちょっと元気が出ました。……俺のことはもう大丈夫ですから」

「「「あ、主様⁉」」」

三匹は慧の言葉に驚き、そして泣きそうに顔を歪《ゆが》めた。その様子に罪悪感を覚えたのか、幼い子に言い聞かせるように慧が言う。

「これ以上、関係ない人を巻き込むわけにはいかない。そうだろ？」

「主様……その呪いが体中に広がったら……」

「広がらないかもしれないじゃないか。それに俺はお前らがいてくれれば、それでいいよ」

凪《な》いだ海のように静かな声に、妖怪たちは言葉を失った。

「お前らは、ずっといてくれるだろ？」

懇願めいた声音。それに対して妖怪たちは何故か、気まずそうに視線を床に下ろした。

その光景に慧は瞠目《どうもく》し、戸惑いながら言葉を発しようとした。

「か、関係作りましょう！」

それを遮るように叫んだのは見初だった。

「私と橘花さんの間に関係があれば、橘花さんを助けようとしてもいいんですよね？」

「は、はぁ……」

「だから、お友達になるんです」

「……俺とあなたが」

「はい、私とあなたがです」

力強く語る見初に、慧は暫《しば》し呆然としてから小さく吹き出した。

「ありがとう」

慧が見せたのは、とても綺麗で儚《はかな》げな笑顔だった。

◆　◆　◆

「こんにちは、橘花さん。今日も仕事がお休みなので来ました」

明るい笑みを浮かべて病室に入って来た見初に、慧は瞬きを数回繰り返した。

「びっくりした……本当に来たんですか」

「はい。今日は呪いに詳しそうで暇そうな人も連れて来たんですよ」

見初がそう言うと、もう一人が病室に足を踏み入れた。

紅い菊が描かれた白い着物を着た男だ。男は灰色の髪を手櫛で梳《と》かしながら、慧に胡乱《うろん》げな眼差しを向けた。

「鈴娘。こいつが例の呪いで死にかけの元神様って奴か」

「呪いで死にかけって言いすぎですよ……」

見初は楽しそうに笑う男をやんわりと注意した。それから、頭の上にクエスチョンマークを浮かべている慧に軽く説明した。

「この人は緋菊《あかぎく》さんっていう天狗です」

「天狗……どう見ても人間にしか見えませんけど……」

「普段は人間に紛れて暮らしているからな。……どれどれ」

緋菊は慧を凝視した。

そして、感心するようにひゅう、と口笛を鳴らした。

「お前だって私のことを言えないじゃねぇか。一見、ただの人間だと思いきや神の気配も微かにしやがる。私とは真逆だな」

「じゃあ、やっぱり橘花さんは元神様なんですねー」

「妖怪や神が来世には人間として生まれ変わるって話はよくあるんだよ。原因は様々だが……おい、小僧。記憶はどうだ？」

「いいえ。何も覚えていません……」

「とまあ、こんなふうに記憶が残っていないってのも多い。今のお前は妖怪だの神だの、余計なもんが見えるだけの人間だ」

そう言い切って、緋菊が椅子に腰かける。その顔は何かを警戒しているように見初には見えた。

「緋菊さん、どうしたんですか？」

「小僧、テメェとんでもねぇもんを持ってやがんな」

布団に隠れた慧の脚を睨み付けながら緋菊が言う。その言葉を聞き、慧は気まずそうにしつつ、布団をどかした。

「……俺のこれは、やっぱりあまりよくないものですか？」

慧の痣は以前見た時よりも、広がっているようだった。緋菊はそれを観察していたが、やがて眉を顰《ひそ》めて顔を逸らしてしまう。彼の額からは一筋の汗が流れた。

「きついな……直視してるだけでしんどくなってきやがる」

「白玉もすごい怖がってたんです」

「鈴娘は平気なのか？」

「はい。ちょっと怖いなーとは思いますけど……」

「この痣を見ても何ともないのは、ひととせの力を持っているからか？　ったく、何てことに私を巻き込んでくれたんだ」

「……緋菊さんはこの痣がどういうものか分かるんですか？」

見初に問われると、緋菊はすぐには答えようとせず、自分の髪を乱雑に掻き乱した。

そして。

「さあ、呪いなんざ山ほどあるからな。私だって呪いの類いにはそこまで詳しいわけじゃねぇ」

緋菊は軽薄な口調でそう言った。

「痣を消す方法も分かりませんか？」

「あのなぁ、呪いなんざ簡単に消せるわけねぇだろ。ガキの落書きじゃねぇんだぞ。……つーか、鈴娘の話によると妖怪が三匹周りにいるそうじゃねぇか。何の呪いか、そいつらなら分かるんじゃねぇのか？」

話を振られ、慧は緊張した様子で緋菊の問いに答えた。

「昔、神だった頃の俺が村を守るために、ある妖怪を倒した時にかけられた呪いだと魅々は言っていました」

「何だそりゃ」

緋菊の眉間に数本の皺が寄る。

「そのせいで俺は死んで人間に生まれ変わったけど、まだ呪いが残っているせいでこんなことになっているそうです」

「ほーう、その話が本当だとしたらテメェがこんな目に遭ってるのは、妖怪のせいってこった。なのに、よくもまあ妖怪の言葉を信じられるな」

嫌みを含んだ物言いだった。だが、慧は嫌な顔をせず、穏やかに微笑んだ。

「小さな頃から、妖怪とはたくさん出会って、少しの間だけ友達でいたんです」

「……少しの間だけ？」

その不思議な表現に見初は首を傾げた。

「俺と一緒に追いかけっこをしたり、話し相手になってくれたり……仲良くなるんですけど、いつも暫《しばら》くするといなくなって、二度と会えなくなるんです」

「人間『で』遊ぶのに飽きたんだろ。今頃はテメェのことを忘れてのんびり暮らしているんじゃ……いでででっ」

見初に右腕を雑巾絞りの要領で掴まれ、緋菊が悲鳴を上げる。

「橘花さんに何てことを言うんですか！」

「お前も私の腕で何絞り出そうとしてやがんだ」

「緋菊さんの悪成分を……」

「あったとしても絞れねぇよ」

大真面目な顔をして言う見初に緋菊はそう指摘すると、椅子から立ち上がった。

「今日のところは帰らせてもらうぜ、じゃあな」

「ちょっ、緋菊さん待ってくださいよ！　あ、橘花さんまた来ますね！」

慧に挨拶すると、見初は緋菊を追いかけて病室を出て行った。

残された慧はぽつりと呟く。

「付き合っているのだろうか、あの二人……」

◆◆◆

病院を出た後、見初は不安げな表情で緋菊に視線を向けた。

「緋菊さん……橘花さんのあの呪いって何なんですか？」

その質問に緋菊は目を丸くした。

「気付いてやがったのか、私が知らない振りをしていたのを」

「緋菊さんとは付き合いが長いですから。隠しごとしてるなぁって何となく分かりました」

「……あの小僧に面と向かって言うのは酷だと思ったんだよ」

「……そんなに危ないものなんですか？」

「それもある。だが、それ以上に痣が出来た理由ってのが相当ヤバい」

痣を目にした影響が未だに残っているのか、緋菊の足元が若干ふらつく。体が思い通りに動かないことに舌打ちしながら、緋菊は病院を見上げた。

「ありゃあ、亡樹《なぎ》の枝って呪いの一種でな。ある罪を犯し続けた者にのみ発現し、枝のような痣が現れてそいつの生気を奪い取って殺すってもんだ」

「罪って……橘花さんが神様の時に悪いことをしたってことなんでしょうか」

「その罪ってのは人間を大勢殺すことだ」

「…………！」

告げられた内容に見初は絶句した。慧本人には聞かせられない内容だった。緋菊があの場ではぐらかした理由にようやく気付く。

「しかも亡樹の枝は人間だけが使える呪術だ。つまり、小僧は人間に呪いをかけられちまったってことになる」

想像していたよりもずっと恐ろしい事実に、見初は背中に冷たい汗が流れるのを感じた。

あの優しそうな青年が、かつてたくさんの人間を殺した神だとは思いたくない。

だが、緋菊の言葉が全て真実だとするなら、あの脚の痣が何よりの証左だった。

「枝の数は殺した人間の数で決まるそうだ。小僧の脚の枝はどうだったか覚えてるか？」

「……はい」

かなりの本数があった気がする。それだけ、人々の命を……。

「あんなもん体に刻まれたら、神だろうと敵わねぇよ。死んじまったとしても無理はねぇわなぁ」

「そんな呑気に言ってる場合じゃなくないですか？　このままいくと橘花さんどうなるんです？」

「人間だぞ。遅かれ早かれ、痣が全身を覆い尽くして、何一つ抵抗出来ねぇまま死ぬに決まってんだろ。本人もそれに気付いてる」

それは残酷な宣告だった。見初の脳裏に慧の笑顔が蘇る。

「何とか出来ないんですか⁉　ほ、ほら、私の触覚の能力を……」

「それは絶対やめろ」

見初が言い切るより先に、緋菊は硬い声で言った。

「あれは確実に死を招く強力な呪術によるもんだ。下手に手を出せば、お前に呪いの一部がいくかもしれねぇ」

「だったら、尚更橘花さんを助けないと」

見初は緋菊の脅すような物言いに怯むどころか、一層慧の身を案じた。

この件からまったく引く気配のない見初に、緋菊は瞼《まぶた》を閉じると深く溜め息をついた。

そして、不敵な笑みを浮かべた。

「お前がその気なら、私も腹くくらねぇとな」

「でも、亡樹の枝をどうにかする手段が見付かるまで、余計なことはすんじゃねぇぞ。白玉なら治せるかもしれないからって、脚に触らせるとかな」

「は、はい」

見初は内心冷や汗をかきながら答えた。

痣を見た時、白玉の治癒能力ならどうにか出来るのではと考えていた。その白玉が異常に怯えていたので、試さないことにしたのだが。

危なかった……。自分のせいで白玉に危険が及んでいたかもしれないのだ。

その落ち込む姿を見て、その心中を察したのだろう。緋菊は見初の頭をぽんと叩いた。

「ま、素人はこういうもんには迂闊《うかつ》に手を出すなってこった」

「……はい、気を付けます」

「ただ、妙だな」

「？」

「呪いの進行が緩やかなんだよ。あんな痣が出てきたら、すぐにお陀仏になってもおかしくねぇのに、何だってあの小僧はまだ生きてる？」

緋菊はそう言いながら懐から煙管《きせる》を取り出し、それを咥《くわ》えた。

「緋菊さん！」

「それって……いいことではあるんですよね？」

「さあな。死に怯える時間が増えるだけかもしれねぇ。だが、何かが痣の侵食を遅らせているのは確かだな」

緋菊は空に向かって白い煙を吐いた。それはすぐに空気の中に溶けて消えていった。

その頃、病院近くの河原には妖怪たちを全力で追いかける仔兎の姿があった。

「ぷうぅぅぅ！」

「わぁぁぁぁ！」

白玉のタックルを喰らった魅々はその場に倒れ込んでしまった。小さな生き物から放たれたとは思えない力に、他の二匹がガタガタと震えている。

「ぷぅ！　ぷぅぅぅ！」

勝った！　とばかりにぴょんぴょんと飛び跳ねる白玉。恐れおののく妖怪たち。

その光景を目撃した見初はぎょっと目を見開き、慌てて白玉を抱き抱えた。

「ぷぐぅ」

「ちょっ、白玉さん⁉　一体何をしていたんですか⁉」

「はっ、怒らないでください見初様！　白玉は私たちと鬼ごっこをしていただけです！」

望々は両手をばたばた動かしながら叫んだ。

本物の鬼と遊ぶ鬼ごっことはいかなるものか。しかも白玉が鬼役をしていたような。

「で、でもありがとう。白玉と一緒に遊んでくれて」

見初は礼を言った。白玉をまた病室に連れて行くのは躊躇《ためら》われたので、彼女たちにこうして預かってもらっていたのである。

「私たちも久しぶりに他の妖怪と遊べて楽しかった！」

「……そうなの？」

「もう皆いなくなっちゃったから」

芽々がにこにこ笑顔でそう言うと、魅々と望々は「それは言っちゃ駄目ー！」「内緒にしてなきゃ！」と慌てて彼女の口を塞《ふさ》いだ。

その様子を微笑ましく思いながらも、見初は緋菊との先程の会話を思い出していた。

痣が呪いによるものだと慧に教えたのは、この妖怪たちだ。

知っているのだろうか。慧が何故、呪いを受けてしまったのかを……。

聞くべきか迷っていると、白玉が不思議そうに見初を見詰めていた。

「ぷぅ？」

「ご、ごめん、ちょっとボーッとしてただけだよ」

心配してくれる白玉の頭をそっと撫でてあげる。

「見初様、主様の呪いを解く方法は何か見付かった……？」

「うん。……一緒に来てくれた人が、どういう呪いなのか知ってたみたいで。でも、消し方はまだ見つかってないんだ」

魅々の問いに、見初は正直に答えることにした。

すると、魅々は一瞬悲しそうな顔をした後、安心したように笑ってみせた。

「ありがとう。主様のこと助けようとしてくれて」

「ねえ、橘花さんは神様だった時に……」

「主様はとっても優しいの。村に住んでいる人だけじゃなくて、私たち妖怪にもいっぱい優しくしてくれたの」

「……魅々？」

「だから、主様を助けてね……」

何だろうか。嫌な予感がして胸がざわつく。

不安を覚える見初に三匹はにっこりと笑みを浮かべると、ぱたぱたと可愛い足音を立てながら走り出した。

「鬼ごっこ楽しかったよー！」

魅々が白玉に手を振りながら声をかける。

その姿に白玉も明るく鳴き返すかと思いきや、見初の腕の中でじっとしていた。

「白玉？　どうしたの？」

見初の呼びかけに気付くことなく、白玉は去っていく後ろ姿をずっと見詰め続けていた。

◆◆◆

木々に囲まれた湖。日中でも陽の光がほとんど届かないそこには、異様な光景が広がっていた。

血のように赤い蓮の花がいくつも浮かんでいるのだ。そして、湖の水はまるで墨汁で作った湖であるかのように黒かった。

湖の中心には正座した姿勢のままで浮遊する老女の姿があった。

黒い着物に白髪の頭。だが、その双眸《そうぼう》は白眼の部分が真っ赤に染まっていた。

「なんだい、元人間の天狗じゃないか」

「久しぶりだな、黒咲根《くろざね》」

緋菊がその名を口にすると、老女はけらけらと笑った。

歓迎しているのか、馬鹿にしているのか。前者だと勝手に捉えることにして、緋菊は口を開いた。

「ちょいと、村の守り神だった奴のことが知りたくてな。そういうのを詳しそうな奴らを虱《しらみ》潰しに当たっていたところだ」

「あのねぇ、そんなのごまんといるよ。あんたの妹だってそんな感じじゃなかったのかい？」

「あいつは関係ねぇだろ。それより、常ノ寄って名前に聞き覚えはねぇか？」

緋菊に問われた黒咲根は笑うのを止めると真顔になった。その反応を見ると、どうやら当たりだったようだ。

出雲を離れ、ここまで来た甲斐があったと緋菊は思った。

黒咲根は不審そうな目で緋菊を睨んだ。

「あんた、そいつの名前をどこで知ったんだい」

「私だって知りたくて知ったわけじゃねぇ。で、その守り神って何しでかした奴なんだ？」

「ふん、その口振りだとあいつがろくでもない奴だって分かってんだねぇ」

にゃぁ、と黒咲根が嗤《わら》う。

「常ノ寄は守り神なんかじゃないさ。何せ、あいつのせいで人間の村がいくつも滅んで、大勢の人間が死んだんだ」

「何でそんなことになった？　罰を与えるという意味で人間の命を奪う神ってのはそれなりにいた。けど、村一つ潰すくらい殺しをやるってのはそうそう聞かねぇ」

「罪も罰もないよ。常ノ寄は信仰心を集めるためだけに殺しを続けたんだからねぇ。ヒッヒッヒ……とんだ災厄だよ」

右目だけを限界まで見開くその姿こそが、災厄を撒き散らす邪神のようだ。

この見た目で花の精なのだから、人は見かけによらない。

「常ノ寄は甘い奴でね。助けを求められたら、どんなことも叶えてやっていた。病を治したり、雨を降らせたり、子供の『花を咲かせて欲しい』なんてもんも聞き入れた。妖怪にも優しく接するもんだから、皆に慕われていた。だから、常ノ寄に対する信仰心も厚かったんだよ」

「村を守る神として正しい在り方じゃねぇか」

「言ったろ？　どんなことも叶えてやっていたって。常ノ寄の奴、人まで殺すようになっちまってねぇ。借金の肩代わりに女を奪った奴らや、伴侶と浮気した奴、嫁いびりの激しい姑……次々と呪い殺していった」

歪《いびつ》な笑みで黒咲根は言葉を続ける。

「土砂崩れを起こして隣村の連中を全滅させたこともあるよ」

「そりゃ、やりすぎだろ」

箍《たが》が外れているとしか思えない所業だ。緋菊は眉根を寄せた。

「あたしに言わせりゃ、異常だったのは村の奴らもさ。常ノ寄に祈れば、人すら殺してくれる。その噂が広まって、村人どもはどうしたと思う？　気に食わない奴を殺してくれと常ノ寄のいる祠に通うようになった。……その結果、どうなったかなんざ、言わなくとも分かるだろう？」

祈り一つで、人を殺せる。それは村人全員が他者を容易《たやす》く殺す方法を手に入れたようなものだ。

一人くらいは咎《とが》める者がいたのかもしれない。

だが、命を奪うことへの罪悪感や恐ろしさは、いつの間にか彼らの心から消えていった。

そして、慈悲深い神に守られていたはずの村は地獄と化した。

誰が自分のことを常ノ寄に告げて、殺されるか分からない。そんな恐怖と猜疑《さいぎ》が常に誰の心にも巣食っていったのは、想像に難くなかった。

「村は死体の山だ。皆がしょうもないことで殺し殺された。数少ない村の生き残りは、陰陽師から教わった通りに作った呪いを常ノ寄にかけた」

呪いの作製に陰陽師が絡んでいたのは、ある程度気付いていた。ただの村人だけで亡樹の枝など、作れるわけがないからだ。

「亡樹の枝って呪いでね。殺した人間の数に比例して効力も強まる。常ノ寄はひとたまりもなく、呆気なく消えちまったんだと。けど、村はもう元には戻らなかった。常ノ寄を慕っていた妖怪の連中も、いなくなっちまったって話さ」

「村人が死にまくったんじゃあな」

軽口を叩きつつも、緋菊は半信半疑だった。

あの橘花という青年と、常ノ寄という神が頭の中で結び付きそうになかったからだ。

「亡樹の枝を消す方法、何か知ってるか？」

「聞いてどうすんだい。そんな呪いを受けちまったろくでなしを助けようってのかい？」

「まあな。協力してくれって頼まれちまった」

「……ふん、あんたには無理だろうね」

湖に浮かんでいた蓮の花が浮き上がる。黒咲根はそれを手に取ると食べ始めた。

「あれはそう簡単にどうにか出来る代物じゃない。本気で助けようってんなら、人間の手でも借りるんだね。ありゃ、人間が作り出した呪いだ。なら、それを消すのも人間の仕事だよ」

「……出来りゃ私だけでどうにかしたかったんだけどな」

「死なない程度に頑張るんだね。……それと最後に一つ言っとくよ。常ノ寄の話は、かつて奴を慕っていた妖怪から聞いたことだ。あたしはそいつとは仲がよくてね」

黒咲根の言葉に、緋菊は意外そうに目を丸くした。

「そいつは常ノ寄のことを災いそのものだと、口では罵っていたよ」

「そいつは今どうしてる？」

「さあね。ある日、『次は私の番だ』と言い残して、それから二度と姿を見せなくなっちまったよ」

「…………」

「ま、死んだんだろうね」

黒咲根の声には寂しさが込められていた。

「あたしが知ってるのはここまでだ。あとは自分でどうにかしな」

黒咲根の全身が黒く染まり、液体となる。それは湖へとちゃぷんと音を立てて同化した。

彼女への接触が当たりであることは間違いなかったが、一番肝心なことが聞けなかったと緋菊は眉を寄せた。

具体的に呪いを解くやり方を掴めなければ意味がない。

他の奴に聞いてみるか。そう思っていると、湖の中から黒咲根の声が聞こえてきた。

「これを持って行きな」

その言葉とともに、湖から何かが緋菊めがけて飛び出してきた。

それは竹筒だった。咄嗟に掴んだ竹筒を揺らしてみると、中から水が揺蕩《たゆた》う音がした。

「亡樹の枝を『腐らせる』水だ」

「腐らせる?」

「真っ向から呪いを消そうとしても無駄だよ。あれは己を害するあらゆるものを拒む。火の術で焼こうとしても、切り刻もうとしても跳ね返してしまう厄介もんだ。けれど、樹が生きるために必要とする水だけは別だろうさ。だから、それで枝を腐らせちまえばいい」

「なるほどな。これを飲ませりゃいいのか」

「馬鹿言ってんじゃないよ。それ自体に強力な呪いが込めてあるんだ。枝じゃなくて、そいつの体そのものが腐って死んじまう」

　呆れたように言う黒咲根に、緋菊は頬を引き攣《つ》らせた。だったら、どうすればいいのか。

「言ったろ。人間の力を借りろって。そうさね、陰陽師なんてのはどうだい。あの連中は『紙』を使った術を使えるんだろ？」

「……そういうことか」

　その問いは、緋菊にとってはヒントに等しいものだった。にやりと笑みを浮かべる。

「けど、こんなもんすぐに用意出来るもんでもねえだろ。どうしたんだよ、これ」

「さっき常ノ寄のことを教えてくれた奴がいたって言ったろ。そいつから頼まれたんだよ。『何も理由を聞かずに、あの呪いを消す手伝いをして欲しい』ってね。だから、あたしはこうしてその水を作ってやったってのに、あいつはここに来なくなっちまった」

「……そうか」

「本当なら捨てちまってもよかったんだけどね。妙な気まぐれを起こして今の今まで残しといたんだ。せっかくだからくれてやる」

　その声にはどこか慈しみが込められている。

　もう来なくなってしまった妖怪。それを理解していても、捨てなかった。捨てられなかった。

　黒咲根とその妖怪はどれほどの仲だったのか、それは緋菊には分からない。

ただ、深い情が存在していたのだろう。

だがどうして、妖怪はここにやって来なくなってしまったのか。

「なあ、黒咲根」

「何だい。まだ何か聞きたいことがあるってのかい」

「あんたから見て、その妖怪は常ノ寄にどんな感情を向けていたと思う？」

「……心の底から慕っていたように見えたよ。口汚く常ノ寄を罵っているくせに、どうしようもないくらい辛そうに顔を歪めていた」

その言葉を最後に黒咲根は湖底に沈んでいったのか、緋菊が何度呼びかけても返事が返って来ることはなかった。

◆◆◆

「……と、今説明したようにあなたを蝕《むしば》んでいる呪いを取り祓おうと思います」

「……はい」

「……その、初めて会った人間にあれこれ言われても、すぐに受け入れられないかと思いますが」

「い、いえ、大丈夫です。受け入れますし、信用もしてますから」

何とも言えない空気が病室内に流れる。

壁に寄りかかって欠伸《あくび》をしている緋菊の視線の先には、ぎこちなく会話を交わす冬緒と慧の姿があった。

「テメェら……何でそんなぎくしゃくしてんだよ」

「ぎくしゃくするだろ。俺たち初対面だぞ」

呆れた口調の緋菊を冬緒が睨み付ける。

「橘花さんだって困るだろ。突然知らない奴が見舞いに来て、陰陽師だって名乗られた挙句、呪いの解き方を説明され始めたら……」

本日の見初は普通に仕事である。なので冬緒と緋菊だけでこうして慧の下にやって来たのである。

慧の呪いを解く方法を告げるために。

「でも、本当にそんなことで俺の脚からこの痣が消えるんですか……？」

「はい。そこにいる緋菊さんが持って来てくれた『水』と、これがあれば解けるはずです」

そう言って冬緒が見せたのは、人型に切った白い紙だった。

それを不思議そうに眺めている慧に、冬緒は少し照れながら言った。

「あの……今の時点ではただの紙なんで……」

「そ、そうなんですか？」

「はい。あとで少量あなたの血を貰って、これの裏面に染み込ませます。そうすることによって、橘花さんの身代わり人形にすることが出来るんです。そしてその痣をこの人形に移し替え、あとはこの水に紙を浸してやる。……この手順で間違いないはずです」

冬緒は語りかけるような口調で言った。慧も緊張した様子を見せつつも、冬緒の説明の合間に何度も首を縦に振る。

「しっかし、お前悋気《りんき》を起こしたりしないのな。普通に話しかけてるから意外だったわ」

「……悋気？」

「焼きもちのことな」

緋菊が悪戯めいた笑みを顔に貼り付けて言うと、冬緒はうんざりしたように溜め息をついた。

「今はそういうこと言ってる場合じゃないし、俺はちっとも嫉妬なんてしてないよ」

「へぇ〜」

「時町が誰かとそういう仲になるなんて、有り得ないだろ」

「お前、何でそこに関しては自信満々なんだよ」

驚きの鈍さを誇る見初への絶対的信頼の為せる技である。

だが、慧が自分たちをじっと見ていることに気付き、冬緒は顔色を変えた。

「申し訳ありません！　今はこんな話をしている場合ではないのに……」

「え？　あ、全然大丈夫ですので……それと……いえ、何でもありません」

慧は何かを言いかけたが、途中でやめてしまった。

時町さんは、天狗の人じゃなくてこの人と付き合っているのだろうか。

慧にはそんな疑念があったが、今聞く話題ではない気がしたので口を閉ざしたのだった。

「では、儀式は早速今晩行いたいと思います。早ければ早いほうが――」

軽く咳払いをし、冬緒が説明を再開した時だった。

『アンタたちにコレハ消させナイ』

冬緒は耳元でくぐもった女の声を聞いた。

緋菊も異変を察して目を見開く。

「おい、冬緒。今のはヤベェんじゃねぇのか」

「分かってる。儀式を早めるか……？」

口元に指を当てながら冬緒が悩んでいると、病室のドアが開いた。

そちらへ鋭い視線を向ける緋菊だったが、中に入って来たのは元気そうな妖怪たちだった。

「主様！　元気にしてる？」

「あれ？　今日は見初様は来ていないんですか？」

慧に飛びつく芽々と、目を丸くして冬緒を見上げる望々。

張り詰めていた病室の空気が幾分か和らいだ。騒がしくも愛らしいその姿に冬緒が頬を緩める。

だが、緋菊は目を細めて疑問を口にした。

「おい、テメェらが例の妖怪どもか？」

「？　うん！」

「あともう一匹はどこに行った？」

見初の話によると河童もいたはずだが、その姿がない。

「……魅々なら、用事が出来て遠くに行ってしまったんです。暫くは帰ってこないと思います」

望々は緋菊の質問にそう告げた。しかし、緋菊は鼻を鳴らすと、瞠目したまま固まっている慧を一瞥《いちべつ》した。

「テメェらは、ホテルに助けを求めに来るくらい小僧を案じていたんだろ。なのに、急にいなくなるのかよ」

「……緋菊さん？」

何かに気付いているらしい緋菊に、冬緒が怪訝《けげん》そうに声をかけた時だった。

「主様‼」

芽々の叫び声が病室に響き渡った。慧が苦しげに顔を歪めながら喉を押さえているのである。

「う、ぁ、ぁ……！」

「橘花さん⁉　どうされました⁉」

「い、きが……でき、な……っ」

「っ、失礼します！」

冬緒は慧の喉元を覗き込み、一瞬身震いを起こした。枝のような模様の痣が喉全体を覆っているのだ。

「緋菊さん！　脚までしかなかったんじゃないのか⁉」

「呪いの侵食が速まってるのか……？　つーことは、さっきの声は……」

「……っ、とりあえず今は手当てを受けてもらうのが先だと思う。この状態で儀式を始めたら、橘花さんの体力が持たない」

急いでナースコールを押す冬緒。

ここで儀式を強行しない辺り、冷静さは失っていないようだ。そのことに安心していた緋菊だったが、妖怪たちが神妙な面持ちで言葉を交わしているのに気付く。

「小鬼ども、テメェら何するつもりだ？」

大方予想はついている。それでも問いを投げかけた緋菊に、芽々と望々は互いに顔を見合わせると頷き合い、目の前の天狗に言った。

「魅々も他の皆も、役目をちゃんと果たしたの」

「だから、次は私たちの番なのです」

緋菊は、それらの言葉を聞いて黒咲根の話を思い出した。

彼女と交流があったという妖怪も、『次は私の番だ』と言って消えたのだ。

◆◆◆

慧の容態が急変したと連絡を受けた見初は、勤務時間が終わると休むことなく病院へ駆け出した。

待合室には表情の暗い冬緒と、普段通りの緋菊、そして望々の姿があった。

「橘花さんは？」

「……今は眠ってる。ただ、痣の範囲が一気に広がっていたんだ。早いところ呪いを解かないと、かなりまずい状態にまで来ている」

冬緒は見初にそう答えると、視線を逸らしてしまった。

そして、再び口を開く。

「そうじゃないと……あいつが報われないからな」

「え……」

見初は望々へ視線を向けた。こんな時だというのに魅々も芽々もいない。

まさか、そんな。一つの可能性が脳裏に浮かび、それを否定するように首を横に振る見初に緋菊が言う。

「他の二匹はもういねぇよ。小僧の呪いを吸い取っちまったせいで消えた」

「…………」

「そんなに驚いたようなツラじゃねぇな」

「……そんな気がしたんです」

見初はぽつりと言葉を零《こぼ》した。

魅々たちは人間に生まれ変わった慧を、今もなお慕い続けていた。だから慧を救うためなら、どんなことでもするだろうと予想はしていたのだ。

見初の鞄の中からがさごそと音がして、勝手にファスナーが開いた。

「ぷぅ……！」

こっそり鞄に忍び込んでいたらしい白玉は、中から飛び出すと、望々に駆け寄った。

「ぷぅ！　ぷぅ、ぷぅぅ……！」

「ありがとう、白玉。魅々と芽々のこと、悲しんでくれるんだね……」

何度も鳴く白玉に、望々の目に涙が浮かぶ。

冬緒は憐れみの眼差しを唯一残された猫又へ向けながら口を開いた。

「俺は最初、亡樹の枝が絡んでいるって聞いた時、正直関わりたくないと思ったんだ。神だった記憶もなくして人間になっているといっても、そんな呪いを受けるような奴を助ける理由はないって。……だけど、橘花さんからは嫌な感じが全然しなかったんだ」

望々も潤んだ瞳で冬緒を見上げる。

「冬緒様……」

「かつて常ノ寄に懐いていたテメェらは、人間に生まれた後も亡樹の枝に蝕まれていた主を救う手段を探しながら、自分らの命と引き換えに、呪いの一部を肩代わりして侵食を食い止めていたんだろ？」

「……はい。その通りです。ですが、あれほどの強力な呪いを解く方法なんて全く見付かりませんでした。その間にも主様を守るために呪いを取り込んで仲間たちは死にました。そして、とうとう私たち三匹だけとなりました」

望々の瞳から零れた大粒の涙が床を濡らす。

「そんな時……ほてるの噂を聞きました。本当は人間様にご迷惑をおかけしたくなかったけれど、私たちにも主様にも時間がありません。ですから……」

「ぷぅ……」

慰めようとしているのか、白玉は望々の足に自分の顔を擦り付けた。

「……ねえ、本当に橘花さん……ううん、常ノ寄様は人をたくさん殺して呪いを受けたの？」

見初が穏やかな声でそう訊ねると、望々はびくりと体を揺らした。

そして、ゆっくりと首を横に振った。

「あの主様が……人間様を殺めるはずがありません……」

「だったら、何で村人大勢殺して他の村も潰しやがった？」

「……それを行ったのは主様ではなく、私たちの仲間です」

望々は指で涙を拭うと、村で起こった『悲劇』について語り始めた。

常ノ寄は村に祀られていた神だったが、時折遊びに来る妖怪にも優しく接する温厚な心を持っていた。

村人が願いを込めて祈れば、すぐに叶えていた。病を治した。雨も降らせた。

しかし願われても、人に害を与えることだけはしなかった。守り神である自分の役目ではないと考えていたからだ。

だが、ある日を境にそれは叶えられるようになってしまった。

常ノ寄を強く慕っていた妖怪によって。

何故こんなことをしているのだと憤る妖怪たちに、その者はこう言った。

——村人の望みを叶えれば、常ノ寄様への信仰は厚くなる、と。

今以上に村人から慕われる存在になれば、常ノ寄が喜ぶと思ったのだ。常ノ寄が何度やめさせようとしても、その者は聞く耳を持たなかった。

たくさんの人間が死んだ。

生き残った僅かな村人たちは、たまたま村に立ち寄った陰陽師から教わり、亡樹の枝を常ノ寄に施そうとした。だが、それは常ノ寄の振りをして人を殺し続けていた妖怪を蝕んだ。

そこですべて終わるはずだった。

しかし、常ノ寄は亡樹の枝の矛先が自分に向くようにした。人間も妖怪も悪くない。自分が不甲斐ないばかりに、村を滅ぼしてしまった。そう言い残して村の守り神は消滅した。その間際、妖怪たちへ言い渡した最初で最後の命《めい》。それは『この村の悲劇を生み出したのは常ノ寄であると、言い伝えろ』というものだった。

「そういうことか……」

緋菊は溜め息をついた。

黒咲根の友人だった妖怪がかつての主を罵っていたのは、常ノ寄の命によるものだったのだ。

「……主様が人間に生まれ変わったと知った時は喜びました。けれど、亡樹の枝の力は生き続けていたんです」

そう言って望々は見初たちに向かって、頭を下げた。

「どうか……主様を解放してあげてください……」

◆　◆　◆

慧の病室に入ると、冬緒はドアに一枚の札を貼った。

「椿木さん、何してるんですか？」

「ここに俺たちが忍び込んでいるのがバレないように、気配を消すための札だよ。ただ、あまり長くは持たないから早く儀式を執り行わないと」

冬緒は針を用意すると、眠っている慧に「すみません」と一言謝ってから彼の人差し指を刺した。

ぷく、と指の腹に浮かんだ赤い玉を紙人形に押し付ける。

「目覚めよ、形代《かたしろ》」

冬緒の呼びかけに応えるように紙人形が赤く光る。

「わっ、光った……」

「……身代わり人形を作った経験なんてほとんどないから緊張する」

本人の申告通り、冬緒の声と手は若干震えていた。人の生死がかかっているのだ。無理もないだろう。

見初は冬緒の手を力強く握った。

「私も応援してるから頑張ってください」

「バッカ！　余計緊張するだろ！」

顔を真っ赤に染めて冬緒が叫んだ。

「で、では離しまーす……」

「離さなくていいから」

「えええええ……」

この人面倒臭いな。見初はそう思ったが、少しでも冬緒に集中してもらうためにとりあえず言う通りにする。

病室の隅では緋菊と白玉、そして望々が儀式を見守っている。

天狗の姿に戻った緋菊の手には錫杖《しゃくじょう》が握られていた。

「形代よ、死を招く枝をその身に宿せ」

紙人形の表面に慧のものと同じ黒い枝が浮かび上がる。枝は次々から次へと伸びていき、やがて紙人形の表面は黒で覆われてしまった。

「よし、呪いを移し替えた。形代が呪いの力に耐え切れなくなって破れてしまえば、呪いはまた橘花さんに戻る。その前にこの状態で緋菊さんがもらった水を……」

冬緒の言葉が途中で止まる。突然、緋菊が宙に向けて錫杖を放ったのである。

錫杖は空中でぴたりと止まり、それに突き刺された『モノ』が姿を現す。

「グ、ウ、ウウ……！」

着物姿の長い黒髪の女が苦悶の表情を浮かべている。

「あ、緋菊さん、この人何ですか……⁉」

「小僧の呪いの侵食を速めていやがった奴だ」

頭上がすごいことになっている。困惑する見初に緋菊が答える。

そして、その姿を見て望々が驚愕の声を上げた。

「あ、あれは……！」

「知ってんのか？」

「はい！　あの者が主様のためだと言って大勢の人間を殺した妖怪です！　主様が消えた後、妖怪たちに殺されたはずなのに……」

「ありゃあ、そいつ本人じゃなくて残留思念みたいなもんだろ。それがずっとあの小僧に貼り付いてたんだろ。気持ちわりぃ」

緋菊は軽蔑の意を込めて、妖怪を睨み付けた。

すると、妖怪は苦しげに顔を歪めたまま喚《わめ》き出した。

「じゃ、邪魔をスルな！　呪いがやっと全身に広マルところナノニ！」

「あ？　何言ってやがる」

「主様は私の頑張りを認めてくれた！　ダカラ私の代わりに呪いを受ケテくれたの……！　私のコトを大切に想ってクレル証なの！」

「んなわけあるか。テメェのせいでたくさんのもんが――」

「……うん、あなたのことを大切にしていたと思うよ」

静かな声で妖怪に言ったのは見初だ。その瞳には憐れみの色が宿っていた。

「でも、あなたがやったことを認めたわけじゃないよ。あなたを守ろうとして代わりに罰を受けただけだよ」

「何で認メテくれない、の……⁉ 村人だって、嫌いな奴が死ンデ喜んでいたのに……！　主様に感謝して……ヒギャァァ！」

錫杖が白く光ると同時に妖怪の姿がゆっくりと消えていく。

けれどまだ諦めていないのか、竹筒を開けようとしている冬緒へ襲いかかろうとする。

「やめろ！　ヤメロォォォォ‼」

「駄目‼」

見初は咄嗟に、妖怪を羽交い締めする形で後ろから取り押さえた。

その瞬間、見初と妖怪の体が翡翠《ひすい》色の光を帯びる。

「ヒッ、これ、何……⁉　あ、主サマ……！」

自分を包み込む光に妖怪が怯え、助けを求めるように慧へ手を伸ばす。

だがそれは届くことなく、妖怪の体は膨れ上がり、弾け飛んでしまった。

妖怪を貫いていた錫杖が床に落下した。

「た、助かった時町。ここで邪魔をされたらヤバかったからな」

「は、はい……？」

見初は首を傾げながら自分の手を見た。いつものように触覚の能力を使ったのかもしれないが、妙な感覚だったような。

けれど……と、見初は天井を見上げた。

「私の言いたかったこと、あの妖怪にちゃんと伝わらなかったな……」

「……それは仕方ないと思う。人間の言葉が届かない妖怪なんてたくさんいるんだ。今の奴も……いや、違うな。あいつは人間どころか、誰の言葉も……」

最後まで言おうとはせず、冬緒はそこで口を閉ざして竹筒を開けた。

すると、中から黒い水が勝手に飛び出して、ところどころ破れかけている紙人形に纏《まと》わり付いた。

紙はふやけてどろどろに溶けると水と混ざり合い、それは少しずつ蒸発していく。

水が完全に消え去ったのを見届けた後、冬緒は慧の喉元や脚を確認した。そこに枝のような形の痣はなかった。

「消せたぞ、時町！」

「やりましたね！」

二人でハイタッチをして喜ぶ。……が、ここが病室であることを思い出して静かにする。

「やったよ、望々！　これで橘花さんは……望々？」

望々の姿はどこにもなかった。

「ぷ……」

「あの猫又ならたった今消えちまったよ」

白玉が切なげに鳴き、緋菊が錫杖を拾いながら言った。

「小鬼と一緒に呪いを弱めてたんだ。いつ消えてもおかしくない状態だった。けど、小僧が助かるのを見届けたくて、必死に留まってたんだろうよ」

「そう、だったんですか……」

「それにな、どっちにしろすべてが終わったら死ぬつもりだったろうな。村が滅んだ原因はあいつらにもある。あの女妖怪の言葉を鵜呑みにせず、常ノ寄の言うことに耳を傾ければよかったんだよ」

緋菊の言う通りだった。祈れば誰でも殺してくれると思ってしまった人間も、人を殺せば主への信仰を集められると考えてしまった妖怪も、正常な判断が出来なくなっていたのだ。

行き着いた先に待っていたのは憎しみと悲しみだけ。

それでも常ノ寄は彼らの罪を自分のものとして、受け入れた。

そのことは妖怪たちにとって、どんな罰よりも重かったに違いない。

かつての主を守るため。そして、自分の罪を償うために彼らは奔走していたのだ。

「自分らがやらかしたことへのけじめもつけて、主も助かったんだ。あいつらもそれで満足だろうよ」

緋菊はそう言うと、一瞬だけ慧へ視線を向けて、窓を開けるとそこから飛び去って行った。

「さて、黒咲根のところに報告しに行くか……」

彼女もそれを待っていることだろう。

にしても。

「……鈴娘のあれは何だ？」

見初に触れられた途端、思念体となっていた女妖怪の体は弾けて消滅した。

見初自身も気付いているだろうが、あれは触覚の能力によるものではないように思えた。

触れたものを操ろうとするのではない。あれは明らかな『攻撃』だった。

◆　◆　◆

痣が消えた慧はすっかり健康体となっていた。あまりの回復ぶりに医者や家族も驚いているらしい。

今は念のために入院しているだけであって、近々退院する予定だという。

「時町さんには内緒にしていたけど、本当は少しだけ覚えているんです。神様？　だった時の記憶」

慧がそう明かしてくれたのは、退院の前日に見初が見舞いに来た時だった。

「俺のせいで俺を頼りにしてくれていた村は滅んだんです」

「橘花さんのせいなんかじゃないですよ」

「ううん、俺の責任です。俺は村人や妖怪がやっていることをもっと強く止めるべきだったんです」

「…………」

「妖怪の代わりに呪いを受けたのは、良心の呵責《かしゃく》に耐え切れず消えてしまいたかったからっていうのもあるんですよ」

眉を下げて、慧は微笑んだ。

「そんな駄目な神様を皆は助けようとしていたんです。俺に生きていて欲しいからって。俺が忘れた振りをしていたのもきっと気付いていました。……だから、今度は何があっても生きていたいと思います。こんな俺を慕ってくれた奴らのためにも」

「きっと……皆もそれを聞いたら喜んで笑ってくれると思いますよ」

「……ありがとうございます、時町さん」

礼を言ってから、慧が笑う。先程とは違い、曇りのない明るい笑顔に見初も頬を緩めた。

エピローグ

「このままでは……永遠子《とわこ》の胃に……穴が開く……」

「何があったんですか⁉」

突如、桃山《ももやま》の口から告げられた宣告に、見初《みそめ》は松茸片手に叫んだ。給料日にスーパーで松茸を見かけたので衝動買いをし、けれど食べ方が分からないので桃山のもとを訪れたら急にこんなことを言われたのである。

「時町《ときまち》……この前、経理担当が……一人辞めただろう……」

「え？　あ、そういえば実家の農家を手伝うからって理由でしたっけ？」

「今……その穴を埋めるための……面接をしている……」

現在の時刻は十九時である。こんな時間から大変だなぁ……と思っていた見初だったが、とあることを思い出してハッとした。

前にも露明《つゆあけ》が辞めた時に面接をしまくっていたような。

志望者はたくさん来るのに中々決まらない採用者。永遠子の精神が摩耗しまくっていた暗黒時期であった。

そして、その原因は採用者の第一条件が『妖怪』であったからだった。

「……まさか、今回も妖怪を雇うつもりなんですか？」

「いや……今回はヒューマンだ……」

「ん？　人間なら永遠子さんの胃にダメージはないのでは？」

「今回の第一条件は……妖怪が見える人だ……」

あ、そういうことかと見初はすべてを悟り、遠い目をした。

このホテル櫻葉《さくらば》で働くにあたって、妖怪たちとの交流は不可避である。客だけではなく、従業員にも蛇の妖怪や元山神や獣がいるのだ。

どんなに仕事面で優れていたとしても、見えてはいけないものが見えていないと、ここではやっていけない。というより、働かせるわけにはいかない。

「でも、どうやって見えるかどうか判別するんですか？」

素朴な疑問である。まさか面接で「あなたは霊が見えますか？」と聞くわけにはいかないし。

「常連の河童に来てもらって……永遠子の隣に……設置する……」

「そんなアバウトな！」

ただ、一番確実なやり方かもしれない。面接官の隣に河童がいたら驚愕するに決まっている。

「だが、このやり方には……問題がある……」

「実は霊感があるのにそれを自覚していない者だと……河童が幻覚だと思い込む……」

「え？　何ですか？」

「まあ、幽霊ならともかく河童ですもんね……」

人によっては精神を病んでいるかもしれないと不安になる可能性がある。

「多分……一年以上かかると思う……」

「それは永遠子さんの胃も爆発しますねぇ」

深刻すぎる人材不足。もしかしたら、妖怪枠を探すよりも難易度が高いのでは。

胃薬を買ってあげないと……。それもストレス性胃炎に効くやつ。見初がそう決意していると、廊下の向こうから「見初ちゃ〜〜〜ん!!」と見初を呼ぶ声。

たった今、話題の中心にいた人物である。

「永遠子さん！　胃はまだ大丈夫ですか!?」

「え？　何の話？」

見初に駆け寄って来た永遠子は首を傾げた。

「面接で永遠子さんの胃がやられるって話をしていたんですけど……」

「そう！　その話なんだけどね！」

永遠子のテンションはここ数ヵ月の中で一番高かった。

「決まったのよ！　初日で！」

「うそぉ⁉」

年単位の長期戦のはずでは⁉　見初は驚愕で身を仰《の》け反《ぞ》らせた。

「初日で決まるはずがない。永遠子は幻覚を見ているのかもしれない」

桃山も相当びっくりしているのか、流暢に喋っている。

見初も桃山も、永遠子の話を信じる気がゼロである。そんな二人に永遠子は、「そうなのよ。そう思うでしょ？」と神妙な顔つきで言った。

「私も最初、あの光景を見た時は夢を見ているのかと思ったわ。私の隣にいる河童の奥さんに気付いて『可愛い河童ですね』って言って、全然びっくりもしないし、フレンドリーなんだもの」

「妖怪を見慣れている……？」ということは椿木《つばき》さんや天樹《あまき》さんたちみたいに、陰陽師のおうち出身ってことですか？」

「そうでもないの。本人曰く、ずっと昔から見慣れているらしいんだけど。つい最近まで入院していたみたいで、それ以前は会社で経理を担当していたみたいなの」

「うわぁ。何から何まで最適な人材じゃないですか」

そんなパーフェクトな人物が、地獄の面接会場に初日から姿を見せたのだ。永遠子のテンションも天まで突き上がるだろう。

「それにうちのホテルがどんなところかもちゃんと知ってたわ。何でも、恩人がいるみたいだけど」

「恩人……？」

「橘花《たちばな》さんって人なんだけど……」

「ファイッ⁉」

まさかの名前が出てきた。

「え、恩人ってまさか見初ちゃんのこと？」

「どちらかと言えば、椿木さんだと思うんですけど……」

まさか、再就職先がうちになるとは。

見初が目を丸くしていると、永遠子は微笑ましげに言った。

「あのね。彼、妖怪のことが大好きで彼らと関わっていきたいそうよ」

彼らしい理由だと見初は思った。

彼にとって、妖怪とはとても大きい存在なのだろう。

「だから、火々知《かがち》さんや柚枝《ゆえ》ちゃんったら、最高のおもてなしをするんだって張り切っちゃってね」

「橘花さんもきっと喜ぶと思いますよ！」

ホテル櫻葉に加わる新しい仲間。楽しみなあまり、見初は手にしたままだった松茸を握り潰した。

そして、橘花慧《さとる》初出勤の日。妖怪の従業員たちは、気合いが入ったプレゼントを彼に渡したのだった。

「は、初めまして、私は柚枝と言います。橘花さんのために花束を作ったので受け取ってください。見た目はただの花ですけど、夜中になると花びらから足が生えて歩き出すんですよ」

「吾輩は火々知だ。今日はお前のためにこんなものを用意した。蛙のワイン漬けだ。この蛙はただの蛙ではなく妖怪でな。栄養価が非常に高い」

「オイラは風来《ふうらい》だよ！　オイラたちの毛で作った毛玉のキーホルダーあげるね！」

「私は雷訪《らいほう》と申します。その毛玉のキーホルダーですが、誤って紛失してしまっても必ず手元に戻ってくる謎の力が宿っております。何故かは分かりませんが」

「あ、ありがとうございます、皆さん………」

それらを受け取った慧は、明らかに怯えた顔で見初と冬緒《ふゆお》を見た。

妖怪たちのいる職場で働ける。期待で胸を膨らましていた青年を待っていたのは、不気味なプレゼントたちだった。

「橘花さん……これがホテル櫻葉です」

「ああ、どうか慣れてくれ……」

いや、初日にあんなのもらったら怖いよなぁ。そう思いつつ、見初と冬緒は内心で合掌したのだった。

番外編2　風来と雷訪のご褒美

「見初姐《みそめねえ》さーん、こっち向いて！」

風来《ふうらい》にそう呼ばれた見初が振り向くと、カシャッとシャッター音が鳴った。

狸の小さな手が持っているのはカメラではなく、新品のスマホだった。

「あっ、ついに買ったんだね！」

「うん！　ちょっとだけ冬緒《ふゆお》にお金出してもらったけど」

「ですが、ようやく私たち二匹の悲願が叶いましたぞ！」

風来の隣ではしゃぐ雷訪《らいほう》。

いつか、自分たちで貯めた金でスマホを買う。それが二匹が立てた目標だと見初が知ったのはつい最近。彼らがスマホのカタログを読み漁っていた時だった。

平たくて小さいのに電話をかけることが出来て、写真も撮れる。更にネットで調べものをしたりゲームも出来るスマホは、二匹にとって神器に等しいアイテムらしい。

尤《もっと》も、人間にとってもスマホとは革命的なアイテムだったのだが。

「これでオイラたちもパーリーピーポーの仲間入りだね！」

「またそんな単語どこで覚えたの……」

「ちなみに、名義は柳村《やなむら》様になっておりますぞ」

「あ、そうか。狸と狐だもんね……」

妖怪にスマホなんて持たせていいのかという不安もあるが、人間社会生活がそれなりに長い二匹である。

まあ、大丈夫だろうと見初は判断した。

しかし、このスマホ購入は思わぬ事態を引き起こすことになるのだった。

◆◆◆

「案外普通の使い方してるんだよなぁ」

数日後、見初はホテルの庭の写真をスマホで撮っている風来と雷訪を見かけて意外そうに呟いた。

一日中ネットサーフィンかゲームに没頭するのではと思ったのだが、基本的に二匹が楽しんでいるのは写真撮影のようだった。

文字が多かったり、遊び方が難しいからというのが理由らしい。

変なサイトを開いてしまう可能性を考えると、かなり安全な使い方である。

「……ん？」

ただし、撮った写真を確認する二匹は、いつも困ったような顔をしている。

その謎が解けたのはその日の夕食時だった。

「オイラたち、写真の撮り方すんごい下手なのかなぁ……」

落ち込んだ様子で天かすをたっぷり載せたうどんを啜《すす》る風来。

「ふーむ、どうすればよいものか」

深く考え込みながらきつねそばを啜る雷訪。

二匹の様子を見て、見初と冬緒は顔を見合わせた。

「何かあったんですかね……」

「写真の撮り方って言ってたけど……スマホのことか？」

気になるので聞いてみることにする。

「風来、雷訪どうしたの？」

「聞いてよ見初姐さん。オイラたち、スマホでたくさん写真撮ったんだけど、ちゃんと撮れてるの一枚もないんだ」

「お前らちゃんと写真の撮り方分かるか？　手でカメラの部分覆ったら写らないからな」

「そのくらい知っております！」

優しい口調で教える冬緒にかえって腹が立ったのか、雷訪がぷんすかと怒る。

「この通り写真自体は撮れていますぞ！」

雷訪はそう言いながら、自分たちのスマホを冬緒に押し付けた。

「何だよ普通に撮れてるじゃ……」

「つ、椿木《つばき》さん？」

「…………」

冬緒が何も喋らなくなった。

気になって見初もスマホの画面を覗き込んでみる。

一枚目。ホテルの庭を撮った写真。木の陰から見知らぬ女がこちらを睨んでいる。

二枚目。ホテルのロビーを撮った写真。天井から輪の形をした縄がぶら下がっている。

三枚目。レストランを撮った写真。白くて丸い浮遊体がいくつも写っている。

四枚目。チェックアウトしてホテルから出ていく客を撮った写真。右足が消えている。

その他にも写真がいくつもあるが、いずれも何か様子がおかしい。

「百発百中で危ない写真が撮れているのでは……？」

「うわっ、これなんて靄《もや》みたいなのがかかってるぞ！　しかも赤い！」

「赤いのってまずいんですか？」

「霊がかなり怒っているサインみたいなものなんだよ」

「ヒャーッ」

見初も冬緒も冷や汗だらだらだ。この画像フォルダ、心霊写真しかない。

「何でだろう。オイラが撮っても雷訪が撮っても、『変な感じ』になっちゃうんだよ」

流石は妖怪。心霊写真を心霊写真だと思わず、変な感じで済ませている。

「変な感じどころか禍々《まがまが》しくなってるだろ」

「えっ、そうなの⁉」

「自覚なしに心霊写真を大量に生産するなよ！」

「風来も雷訪も大丈夫？　最近肩が重いとか常に誰かに見られてるとかない？」

「特にはありませんが……」

本気で心配する見初に、雷訪が若干引き気味に答える。

その時、風来たちのスマホが突然鳴り出した。誰かが非通知で電話をかけてきているようだ。

「……非通知？　悪戯《いたずら》電話か？」

「あっ、オイラの友達だよ！」

だからスマホを返して、とせがむ風来に冬緒が眉を寄せる。

「非通知で着信来てんのに友達って何だよ⁉」

「でも、変わった子なんだ。水の中にお家があって、いっつもコポコポッて水の音がするんだよ。あんまり住み慣れてないみたいだから、時々『苦しい』って言ってるけど……」

「そうですな。『一緒にいって欲しい』とも言われますが、一体どこに行けばよいのやら」

二匹の会話を聞いて、見初は「あわわ……」と顔面蒼白である。

この場合の『いって欲しい』とは『逝って欲しい』なのでは。

心霊写真だけではなく、死者からも電話がかかってきている。

「すごい、このスマホ。心霊現象が止まらない……」

「風来、雷訪。お前ら後でお祓《はら》いを受けろ！　俺と柳村さんでやってあげるから！」

「お祓い⁉」

「私たちが受けるのですか⁉　妖怪なのに⁉」

どこからか数珠を取り出した冬緒に、二匹の獣たちはぎょっとした。

その後、風来と雷訪のスマホの裏には、柳村が作ってくれた強力な退魔の札が貼られることになった。

持ち主たちからは「デコりアイテムが札なんてやだ」「曰く付きの物っぽい」等の苦情が入ったが、以降心霊写真が撮れることはなくなり、謎の電話もかかってこなくなったという。

「よーし、これからはどんどん写真撮るぞ〜！」

「ぷぅ〜」

「本当は白玉《しらたま》様も撮って差し上げたいのですが、妖怪は写真に写らないようなのです」

「というわけで、その分見初姐さんをいっぱい撮るよ！」

連写モードで撮り始めた風来に、見初は溜め息をつきながら笑った。

「そんなに私を撮ったら、画像フォルダが私だらけになっちゃうよ」

「でも冬緒のスマホも見初姐さんの写真ばっかりだったよ？」

「あー……うん……」

「大変ですなぁ、見初様も」

同情気味に雷訪が言う。

「中には隠し撮りっぽいのもありました……いやはや恐ろしい……」

「消してって頼めば、冬緒も消してくれると思うよ！」

「まあ……そのうち言ってみるね」

「うん！　それじゃオイラたち次は天樹《あまき》兄ちゃんのところに行ってくるね～」

「では、失礼しましたぞ」

二匹がぱたぱたと部屋から出ていく。

彼らを見送った後、見初は自分のスマホを手に取ると、画像フォルダを開いた。

そこには様々な画像が保存されており、その中には冬緒が写っているのもある。

それは寮のホールでうたた寝している彼をこっそり撮ったものだった。

「うーん……隠し撮りはやっぱりよくないかなぁ……」

消すか消さないか。暫《しば》し考えてから、見初は消去ボタンを押さずに画像フォルダを閉じた。

その時の見初がどのような表情をしていたのか。それを知るのは白玉のみである。

◆この作品はフィクションです。
実在の人物、団体などには一切関係ありません。

双葉文庫

か-51-09

出雲《いずも》のあやかしホテルに就職《しゅうしょく》します❾

2020年12月13日　第1刷発行

【著者】

硝子町玻璃《がらすまちはり》

【発行者】

島野浩二

【発行所】

株式会社双葉社

〒162-8540 東京都新宿区東五軒町3番28号

［電話］03-5261-4818（営業）　03-5261-4851（編集）

www.futabasha.co.jp（双葉社の書籍・コミックが買えます）

【印刷所】

中央精版印刷株式会社

【製本所】

中央精版印刷株式会社

【フォーマット・デザイン】

日下潤一

ISBN978-4-575-52434-5 C0193

Printed in Japan